KB201840

이 일기는
읽지 마세요,
선생님

우리문고 13

이 일기는 읽지 마세요, 선생님

2006년 4월 10일 초판 1쇄 | 2021년 4월 15일 2판 16쇄 | 지은이 · 마가렛 피터슨 해딕스 | 옮긴이 · 정미영 | 펴낸이 · 신명철 | 펴낸곳 · (주)우리교육 | 등록 · 제 313-2001-52호 | 주소 · 03993 서울시 마포구 월드컵북로 6길 46 | 전화 · 02-3142-6770 | 전송 · 02-3142-6772 | 홈페이지 · www.urikyoyuk. modoo.at

· 잘못 만들어진 책은 바꾸어 드립니다. · 이 책 내용의 일부 또는 전부를 재사용하려면 반드시 저작권자와 (주)우리교육 양측의 동의를 얻어야 합니다. · 책값은 뒤표지에 있습니다.

ISBN 978-89-8040-229-8 43840

이 책의 한국어판 저작권은 한국저작권센터(KCC)를 통해 저작권자와 독점 계약한 (주)우리교육에 있습니다. 저작권법에 의해 한국 내에서 보호를 받는 저작물이므로 무단 전재와 복제를 금합니다.

이 도서의 국립중앙도서관 출판시도서목록(CIP)은 서지정보유통지원시스템 홈페이지(http://seoji.nl.go.kr)에서 이용하실 수 있습니다.(CIP 제어번호 : CIP 2007000582)

이 일기는
읽지 마세요,
선생님

마가렛 피터슨 해딕스 지음

정미영 옮김

우리교육

제가 《인디애나폴리스 신문》 기자로 일할 때, 아동 학대 및 방치에 대한 시리즈를 기획한 적이 있습니다. 종종 비참하게 실패하기도 하는 이 아이들을 돕기 위해서 정부에서는 어떤 일을 하는지도 취재했습니다. 기사를 쓰면서 부모에게 학대받거나 버려져서 주립보호소에 오게 된 몇몇 십대들과 인터뷰를 하였습니다. 각자 사연은 다 달랐습니다. 이 책의 주인공 티시와도 다르고요. 하지만 그 이야기들이 뇌리에서 떠나지 않았습니다.

몇 년 후 저는 일리노이의 한 학교에서 영어를 가르치게 되었습니다. 이 책에 나오는 던프리 선생님처럼 말이지요. 그때 학생들에게 일기를 쓰게 했습니다. 그런데 많은 아이들이, 제게 읽으라고 허락한 일기에조차 굉장히 놀랄 만한 내용을 썼습니다. 그래서 만약 인디애나폴리스에서 인터뷰한 아이들에게도 쓰라고 했으면 어떤 내용이 됐을지 궁금해졌습니다. 《이 일기는 읽지 마세요, 선생님》은 이렇게 쓰게 됐습니다. 한편으로 제가 읽었던 이야기들을 떨쳐 버리려는 한 방법이기도 합니다.

이제 저도 부모가 되었고, 인디애나폴리스에서 수백 마일 떨어진 펜실베이니아 클라크 서미트에 살고 있습니다. 하지만 여전히 그때 이야기를 나누었던 아이들에 대해 생각합니다. 티시처럼 그 아이들에게도 믿을 만한 누군가가 꼭 생겼으면 좋겠습니다.

　인생을 살아가면서 사람들은 몇 번의 정신적 성장을 하게 된
다. 때로는 자신이 몸담고 있는 세상을 바라보며 아파하고 고뇌하
는 과정을 통해 성장하기도 하고, 세상의 부조리와 냉혹함, 또 어
른 세계의 미숙함과 불완전함을 뼈아프게 자각하는 과정에서 성
장하기도 한다. 냉혹하게도 성장은 고통과 함께 온다.

　헤르만 헤세는 《데미안》에서 유년의 틀을 깨고 성인으로 변화
하는 시기를 따뜻하고 단단한 알에서 바깥세상으로 나오기 위해
처절한 몸부림을 하는 알깨기 과정으로 비유하였다. 그리고 이 과
정을 통해 인간은 비로소 세상을 직면하고, 자신의 힘과 의지로
꿋꿋하게 살아가는 성숙한 삶을 시작하게 되는 것이라고 하였다.

　《이 일기는 읽지 마세요, 선생님》에서 주인공 티시는 고통스럽
고 혹독한 사춘기를 겪으면서도 꿋꿋하고 당당하게 성장하는 모
습을 잘 보여 주고 있다.

　아내와 딸에게 폭력을 휘두르고 가출을 반복하는 무책임한 아
버지, 그런 아버지에게 길들여져 무기력하고 자포자기 상태인 어

머니, 아무것도 모른 채 어른들이 휘두르는 무책임과 방임의 폭력 앞에서 두려움에 떨며 누나에게 매달리는 어린 동생 매트……

티시는 이런 환경에서도 어린 동생을 돌보며 학교를 다니고 아르바이트를 한다. 그런 티시에게 위안과 힘이 되는 것은 바로 일기 쓰기였다. 처음에는 그저 학교 숙제로 시작하게 되었지만, 어느새 일기는 힘겹고 지친 일상을 하소연하는 친구가 되었고, 터질 것 같은 분노와 절망감을 쏟아 붓는 대상이 되었다. "읽지 마세요, 선생님"으로 시작되는 티시의 일기에는 십대 소녀가 감당하기에는 너무 버거운 현실과 냉담한 학교체제, 그리고 삭막하기만 한 사회의 모습이 고스란히 담겨 있다.

번역을 하면서 십대들의 학교 생활, 친구 관계, 이성 문제, 사소한 일탈 등에 웃음을 짓기도 했지만, 티시가 감당해야 하는 냉혹한 현실에 가슴 아프기도 했다. 특히 든든한 버팀목이었던 외할머니를 추억하며 한 코 한 코 뜨개질하는 티시를 떠올리자니 눈시울이 뜨거워졌다.

티시는 일기 쓰기를 통해 힘겨운 현실을 감당하는 힘을 얻었을 뿐 아니라 어른들의 세계를 이해하게 되었다. 또한 던프리 선생님은 티시에게 일기라는 형식을 통해 자신을 드러낼 수 있는 소통의 통로를 마련해 주었다.

어른들의 안전한 보살핌 속에서 건강하게 웃고 있는 티시의 편지를 끝으로 원고를 정리하면서 우리 청소년들을 가만히 떠올려 보았다. 티시와 별반 다르지 않은, 우리의 아이들은 지금 무엇을 통해, 누구와 소통하며 고민과 갈등을 풀어가고 있을까? 그들에게 먼저 손을 내밀어 믿음을 줄 수 있는 던프리 선생님 같은 존재가 있다면 바랄 나위가 없겠다.

문득 소중한 인생의 한 시기를 고스란히 담아낼 수 있는 일기장을 청소년들에게 선물하면 어떨까 하는 생각이 들었다. "누군가를 때리는 것보다는 낫잖니."라고 하시며 티시에게 뜨개질을 가르쳐 주시던 외할머니처럼 분노와 격정을 다스리는 방법을 찾을 수 있도록 도와주는 것도 좋겠다고 생각했다.

티시가 외할머니, 던프리 선생님, 일기를 통해 고난을 극복하는 방법을 배워 나갔듯 이 책이 누군가에게 평생 잊지 못할 소중한 만남으로 기억되기를 바란다.

8월 28일

좋아요, 던프리 선생님. 그러니까 일기를 쓰긴 꼭 쓰되 개인적이거나 비밀스러운 내용을 쓰고 싶으면 일기 첫머리에 "읽지 마세요."라고 토를 달아 놓으라는 말씀이군요. 그러면 선생님은 그 일기는 읽지 않고, 그냥 우리가 뭔가 썼다는 것만 확인하시겠다는 거죠? 좋아요, 저도 바라는 바예요. 이 나머지 일기는 읽지 마세요.

그만 읽으시는 거죠? 이렇게 순진해 빠진 선생님이 계시다니 도무지 믿기지가 않네요. 에릭 린치가 "그럼, 일기를 쓸 때마다 '읽지 마세요.' 라고 써 놓기만 하면 되겠네? 그러면 뭐든 써도 된다는 말이잖아?" 하고 묻는 걸 보니 그 애가 어떻게 할지 안 봐도 훤해요. 지난해에 에릭이 역사 공책에 줄거리를 써내는 대신 "도, 도, 도 자로 끝나는 말은"이라는 말만 쓰고 또 써서 낸 것을 모르는 애가 없거든요. 트레몬트 선생님은 말로는 검사한다고 으름장을 놓았지만 정작 검사를 하지 않았으니까 눈치도 못 채셨어요. 에릭은 트레몬트 선생님이 "잘했어요. 글씨를 잘 썼어요. A."라고 써 주셨다며 얼마나 떠벌리고 다녔는지 몰라요.

그런데 선생님도 지금 검사를 하지 않겠다고 그러시는 거잖아요? 던프리 선생님, 보아하니 새내기이시군요.

그런데 제가 정말 비밀스러운 내용을 썼는데, 혹시 선생님이 읽으시면 어떡하죠?

아무래도 선생님을 한번 시험해 봐야겠어요. 아무도 모르는 저만의 비밀을 쓴 다음, 선생님이 읽나 안 읽나 한번 보겠어요. 음, 제 비밀은 뜨개질을 할 줄 안다는 거예요.

그게 무슨 대단한 비밀거리냐고 하시겠죠? 그건 선생님이 이게 누구 일기인지 잘 모르셔서 그래요. 바로 티시 보너의 일기라구요. 뒷줄에 앉은 여자애들 가운데 한 명이지요. 한껏 부풀린 머리를 한 아이들 말이에요. 트레몬트 선생님은 우리를 여걸사인방이라고 불러요. 오늘 샌디, 로첼, 체스티티와 제가 교실에 들어갔을 때 선생님이 겁먹은 듯한 표정을 지으셨잖아요. 이해하기 쉽게 설명해 드리지요. 우리는 뜨개질 따위는 안 한다 이 말씀이에요. 뜨개질은 할머니들이나 헤더 터너처럼 얌전 빼는 계집애들이나 하죠. 헤더 터너를 아직 모르시나 봐요. 보시면 금방 알아보실 텐데. 학교에서 가장 볼품없는 머리를 하고 있거든요. 그 머리에 개기름까지 흐르는 꼴이라니. 헤더 터너는 가정 선생님이 되고 싶대요. 지난해에는 트레몬트 선생님(아직 못 보셨나요? 대머리에 못생긴 데다 그 선생님 교실에 있는 지구본보다 더 불룩하게 배가 튀어 나왔죠.)한테 홀딱 반해서는 집에서 과자를 구워 갖다 바치질 않나, 오트밀을 해 나르질 않나. 그 애가 바로 헤더 터너예요. 제가 아니라.

이쯤 되면 제가 어떻게 뜨개질을 할 줄 알게 됐나 궁금하시죠?

아, 그래서 제가 비밀이라고 했잖아요. 오늘은 이만. 만약 선생님이 조금이라도 수상쩍게 구시면—그러니까 선생님이 이 일기를 읽으시면—저는 입 꾹 다물고 말 거예요.

8월 30일

읽지 마세요, 던프리 선생님.

학교가 얼마나 지긋지긋한지 아세요? 선생님은 아마 짐작도 못하시겠죠. 선생님이 어렸을 때는 학교를 좋아했을지 모르니까요. 어쩌면 지금도 학교가 즐겁다고 생각하실지도 모르고. 오늘 선생님은 흥이 나신 것도 같고, 흥을 돋우려고 애쓰시는 것처럼 보였어요. 칠판에 쉼표를 쓰고 설명하실 때 말이에요. 쉼표라니! 알게 뭐예요? 선생님은 그렇게도 걱정거리가 없으세요?

저는 사실, 걱정거리가 수두룩해요. 그걸 말씀드리자니, 선생님이 제 시험을 통과하셨는지 확인해야 하는데 아직 일기장을 내지도 못했어요.

그런데, 학교 말이에요. 학교에 대해서 얘기하고 싶은데요. 선생님은 이런 시시껄렁한 일기나 쓰라고 하시지, 트레몬트 선생님은 여섯 주마다 꼬박꼬박 한심스러운 역사 과제물을 내라고 하시지, 레게 머리 선생님(앗, 죄송해요, 레이추 선생님인데)은 머지않아 개구리 해부를 시키실 테고, 스타인웨이 선생님은 날마다 기하학 숙제를 세 쪽씩 내주시고……. 알게 뭐예요? 저는 평일 저녁이든 주말이든 대개는 버거보이에서 일해야 해요. 안 그러면, 아, 이 티시 보너는 입을 옷도 없고, 먹을 것도 없고, 영락없는 알거지 신세가 될 거라구요. 보나 마나 남동생 매트 보너도 마찬가지 신세가 될 테구요. 설마 엄마가 용돈을 줄 거라고 생각하시는 건 아니겠죠? 그나마 학교에서 친구들과 어울리지도 못한다면, 학교고 뭐고 다 때려치웠을 거예요. 음, 선생님을 또 한 번 시험해 보는 거예요. 선생님들은 학교를 때려치운다는 말만 들어도 난리가 나는 분들이잖아요. 선생님이 정말로 이 일기를 읽으신다면, 제가 미처 알아차릴 새도 없이 저를 중퇴 방지 프로그램에 집어넣으시겠죠. 중퇴 방지 프로그램을 다들 뭐라고 하는지 아세요? 중상모략 방지 프로그램이래요. 대단하죠, 안 그래요? 학교 헐뜯는 애들을 퇴학시키는 대신 미리 걸러내 뿌리를 뽑아 버리는 데라는 말이지요.

그렇다고 정말 중퇴할 수야 없죠. 그렇게 되면 제가 뭘 하겠어요? 이 티시 보너 양은 텔레비전 앞에 앉아 이리 뒹굴 저리 뒹굴 할 정도로 팔자 좋은 애가 아니라구요. 그 자리는 일찌감치 엄마가 찜해 놓으셨거든요. (하하.) 모르긴 해도 버거보이에서 종일토록 일을 해야 할걸요. 평생 그 일을 하게 될지도 몰라요.

선생님, 이거 아세요? 저는 버거보이라면 정말이지 넌더리가 나요. 평생토록 햄버거랑 감자튀김 주문이나 받는 일이라면 고맙지만 사양하겠어요.

9월 1일

읽지 마세요, 던프리 선생님.

일주일에 두 번씩 일기를 쓰라고 하신 게 맞나요? 저는 일주일에 두 번이나 끼적거릴 정도로 사는 게 즐겁지 않다 구요. 아무리 머리를 쥐어짜도 도무지 쓸 게 없는걸요. 그런 데 이번 금요일에는 네 편이나 내라고 하시니, 원……. 하는 수 없죠, 뭐. 하라는 대로 할 수밖에.

트레몬트 선생님 시간에 이걸 쓰고 있어요. 트레몬트 선생님은 아마 제가 필기하는 줄 아실 거예요. 아무도 필기하지 않는데, 제가 그런 짓을 왜 하겠어요? 그런다고 트레몬트 선생님이 저를 우등생이라고 생각하실 것도 아닌데 말이에요.

사실, 저는 C학점짜리 학생이에요. 운 좋으면 가끔 B를 받기도 하죠. 책은 아예 거들떠보지도 않아요. 지난해, 그러니까 1학년 때 적성검사를 받은 적이 있어요. 무슨 생각으로 그랬는지 모르겠지만, 정말이지 그때 한 번만큼은 최선을 다했어요. 그냥 제가 뭘 할 수 있을지 알고 싶어서 그랬으려니 생각하세요. 그런데 어땠는지 아세요? 저 때문에 다들 발칵 뒤집어졌지 뭐예요. 머릿속에 컴퓨터가 들어 있지 않나 싶은 생각이 드는 수잔 스탠윅이랑 마이크 하디보다도 제 점수가 더 좋았거든요. (그 일이 있은 후로, 수잔은 그날 독감에 걸리는 바람에 난생처음 일등 자리를 놓친 거라고 떠들고 다녔어요. 예, 그렇겠지요.)

하여튼 한바탕 난리가 났었어요. 거의 일주일 내내 저는 상담원들이랑 다른 선생님들한테 시달렸어요. 앤서니 선생님이 하신 말씀은 아직도 귓가에 쟁쟁해요.

"티시, 이제 너한테 재능이 있다는 걸 다들 알았으니까 앞으로 너한테 기대가 크다……."

마치 제가 당장에라도 수학 숙제를 할 것처럼 말이죠. 허젠버거 선생님은 대학 얘기를 꺼내기 시작하셨어요. 그러더니 다들 자기가 누구랑 얘기를 나누고 있는 건지 깨닫기라도 한 듯이 저를 거들떠보지도 않더군요. 아, 저는 번듯하고 으리으리한 집안 출신이 아니에요. 학교에서 고작 네 블록 떨어진 곳에 살고 있죠. 아마 선생님도 우리 집 앞을 지나가셨을지 몰라요. 꼭 그렇지 않더라도 비슷비슷한 집들은 보셨을 테지요. 코딱지만 한, 다 쓰러져 가는, 허름한 집들 말이에요. 아무리 그래도 대학 등록금 정도는 꼬불쳐 놓았겠지, 생각하시죠? 땡! 틀렸습니다. 좀 더 그럴듯한 농담을 하시는 게 좋겠네요.

혹시 트레몬트 선생님이 말끝마다 "요컨대"라고 하시는

거 아세요? 방금도 그러시는데 아주 돌아 버릴 지경이에요. 트레몬트 선생님이 하시는 말씀을 몽땅 받아 적어 볼게요.

"프랑스와 인디언의 전쟁은, 요컨대, 빙산의 일각일 뿐이었지…… . 뭐랄까, 그 뭐랄까, (이 부분은 다 받아 적기가 어렵네요.) 그런데 미국은, 요컨대, 이 사건을 자기중심적인 시각으로 돌아보았고, 요컨대…… ."

주절, 주절, 주절.

9월 4일

읽지 마세요, 던프리 선생님.

다음 시간에 일기를 내야 해서 서둘러서 씁니다. 레게 머리 선생님이 쳐다보고 계시네요.

이를 어째, 레게 머리 선생님이 정말로, 정말로 의심스러운 눈초리로 쳐다보셔서 계속 쓸 수가 없어요. 시험을 치르기로 했나 봐요. 이제 2분만 있으면 선생님 수업이 시작될 테니 빨리 쓰려고 애는 쓰지만, 어차피 오늘 일기는 더 이상 길게 쓸 수 없을 테니 상관없겠지요.

티시,

　네 번째 일기를 제외하고는, 제법 많이 쓴 것 같구나. 좀 더 많이 쓰도록 해 보렴. 그게 습관이 되면, 길게 쓰는 게 한결 수월해질 거야. 앞의 세 편을 길게 썼으니까 이번 한 번은 만점을 줄게. 그러니 매번 길게 쓰도록 노력하렴.

9월 9일

이 일기는 읽지 마세요, 던프리 선생님.

그러니까 일기를 더 많이 쓰라는 말씀이시군요. 그렇게 하죠, 선생님. 그런데, 부디 남자애들 일기에는 더 많이 쓰라느니 하는 말을 적지 않으셨으면 해요. 그 녀석들은 그걸 꼬투리 잡아 입에 담기도 더러운 말장난을 할 게 뻔하니까요. 가뜩이나 선생님이 젊고 잘 웃으셔서 이러쿵저러쿵 얼마나 말이 많은데요. 하긴 앞머리를 조금만 부풀리면 선생님은 영락없이 우리 패거리인 줄 알걸요.

아무튼 선생님들은 과제물에 뚱딴지 같은 소리를 쓰지 않고는 못 배기는 분들인가 봐요. 그게 선생님이 되는 데 꼭 필요한 조건인가 보죠.

그래도 선생님은 제 시험에 통과하셨어요. 오늘 일기장

을 돌려주시길래 수업이 끝나고 선생님께 가서 여쭤 보았잖아요.

"혹시 뜨개질할 줄 아세요?"

그런데 선생님이 어찌나 어리둥절한 표정으로 쳐다보시던지, 제 일기를 안 읽으셨다는 걸 알았어요.

선생님은 아직도 영문을 모르실 테지만, 저는 이제야 마음이 놓이네요. 아무튼 이젠 안심이에요.

달리 쓸 것도 없으니까, 제가 어떻게 뜨개질을 배웠는지 알려 드릴게요. 오래 전에 외할머니께서 가르쳐 주셨어요. 할머니는 4년 전에 돌아가셨어요. 장례식이 끝나고, 저는 할머니가 뜨개질을 가르쳐 주시던 담요를 잡아채서 벽장 구석에 집어 던지고 말았어요. 아마 아직도 거기 다 떨어진 테니스화 더미 밑에 처박혀 있을 거예요.

오랫동안 뜨개질이며 담요며 까맣게 잊고 지냈는데, 우습네요. 그런데 요즘 들어 잠결에 손가락을 씰룩씰룩 움직일 때가 더러 있는데, 불현듯 뜨개질할 때랑 똑같이 움직이고 있다는 걸 깨달았지 뭐예요.

별일이죠? 선생님이 일기를 읽지 않으셔서 정말로 기뻐요. 아무도 읽지 않아서 얼마나 좋은지 몰라요. 그냥, 이렇게 이야기를 나눌 상대가 있다는 것만으로도 참 좋아요.

9월 11일

읽지 마세요, 던프리 선생님.

바로 앞 일기에 제가 친구 하나 없는 외톨이처럼 쓴 것 같다는 생각이 들었어요. 물론 친구가 있죠. 아주 많아요. 샌디와 로첼과 체스티티는 세상에서 가장 좋은 친구들이고, 하다못해 저한테 호감을 갖는 사람들도 수두룩해요.

샌디와 로첼과 체스티티와 저, 우리 넷 중 아무도 일하지 않는 날이면, 주말이나 방과 후에 우르르 몰려다니기 일쑤예요. 우리는 쇼핑몰에 가서, 터질 듯 꽉 끼는 청바지랑 팬티가 보일락 말락 하는 짧은 치마를 찾아다녀요. 샌디는 쇼핑몰에서 옷가지를 슬쩍하는 데 선수인데, 가끔 립스틱이나 아이섀도를 슬쩍하기도 해요. 샌디 말로는 상점들이 웬만큼 도둑맞을 걸 예상하고서 애당초 물건 값에 그 비용을 포함시킨다나요. 그래서 샌디가 물건을 슬쩍할 때는 딱 자기가 치른 물건 값만큼 값어치가 나가는 것만 골라잡아요. 선생님은 변호사 아빠를 둔 샌디가 설마 그런 일을 할까 싶으시죠? 하지만 샌디는 재수 없이 붙잡히더라도, 아빠가 빼줄 거라고 미리 계산해 두었을 거예요. 로첼과 체스티티와 저는 샌디처럼 운이 좋지 못해요. 우리 아빠들은 하나같이 별 볼일 없거든요. (이를테면, 우리 아빠가 저를 도와줄 수 있다고 해도, 그러려면 먼저 아빠를 찾아야 하거든요.) 그래서 우리는 섣불리 남의 물건에 손을 못 대는 게 아닌가 싶기도 해요.

체스티티와 샌디는 둘 다 남자 친구가 있고, 로첼은 줄기차게 남자 친구를 갈아 치우면서 번번이 그 애 아니면 죽고 못 산다고 난리예요. 다들 저를 누구한테 찍어다 붙이지 못해 안달이죠. 잘 모르겠어요. 보통 저는 그럴듯한 구실을 둘러대곤 해요. 대개는 일을 해야 하거든요. 그 애들이 좋아하는 녀석들이나 저한테 찍어다 붙이려고 하는 녀석들은, 여드름박사 아니면 입내 나는 녀석이거나 그도 아니면 만나자마자 "어때, 나랑 자고 싶어?" 따위의 한심스러운 소리나 지껄이는 녀석이에요. 로첼은 저보고 작작 좀 까다롭게 굴래요. 그래서 저는 바지만 입으면 사족을 못 쓰는 것보다 낫다고 맞받아쳐 준 적이 있어요. 로첼은 잔뜩 화가 나서 사흘 동안이나 저랑 말도 하지 않으려고 했어요. 언제나 싸운 사람들을 화해시키는 체스티티가 나서서, 결국 우리는 서로 사과하고 말았지만요.

그런데 정말로 얼간이 말고 쓸 만한 남자는 씨가 마른 걸까요? 제대로 된 남자는 구경도 할 수 없으니 말이에요. 우리 아빠는 멋진 신사하고는 거리가 멀어요. 제가 멋진 신사를 봐서 하는 말은 아니지만요. 어디 존경할 만한 남자 없어요? 트레몬트 선생님이요? (요컨대.)

던프리 선생님, 미스가 아니라 미시즈인 걸 보면 결혼을 하셨을 텐데, 선생님 남편도 얼간이인가요?

9월 13일
읽지 마세요, 던프리 선생님.

일요일 오후. 이 집에서 나가지 않으면 미쳐 버릴 것 같아요. 엄마는 내가 태어나기도 전에 만들어진 시시껄렁한 흑백영화를 보고 있어요. 엄마는 자기가 우는 걸 매트랑 내가 눈치 채지 못하게 하려는 듯 귀청이 떨어져라 소리를 키워 놓았어요. 엄마가 영화 때문에만 우는 건 아니라고 생각해요. 어쨌거나 엄마는 울었을 테니까요.

아빠가 집을 나간 뒤로, 정말이지 엄마도 같이 떠나 버린 것 같아요. 꼭 허깨비나 유령처럼 굴거든요. 그런데 돌이켜 보니, 엄마는 줄곧 허깨비였던 듯싶어요. 아빠가 우리와 함께 살 때, 엄마는 아빠의 충실한 로봇이었어요. 엄마가 아빠를 사무치게 그리워하는 이유를 도무지 모르겠어요. 아빠와 함께 살 때도 행복해 보인 사람은 아무도 없었는데 말이죠.

열 살 때였나, 아주아주 추운 겨울이었던 걸로 기억해요.

크리스마스 무렵이었고, 외할머니가 매트와 저에게 크리스마스트리를 장식하자고 하셨어요. (그냥 은색 가짜 트리였는데, 정말이지 볼품이 없었죠.) 아빠가 들어오는데 턱수염에 주렁주렁 고드름을 매달고 있을 정도로 매서운 추위였어요. 매트가 아빠한테 냅다 뛰어가더니 산타클로스 할아버지가 선물을 들고 오신다는 둥 하며 조잘대기 시작했어요. 그 즈음 매트는 고작해야 두세 살이었고, 그게 매트가 아는 전부였죠. 아무튼 아빠가 매트한테 말했죠.

"이런! 매트 너 몰랐구나? 밖이 너무 추워서 썰매를 끄는 순록들이 몽땅 얼어 죽을 거야. 그래서 올해 선물은 없단다."

매트가 왈칵 울음보를 터뜨리자 할머니가 매트를 무릎에 앉히시더니 연거푸 말씀하셨어요.

"쉬, 쉬, 괜찮아. 걱정 마라. 순록은 아무리 추워도 끄떡없단다."

그러면서 할머니는 줄곧 아빠를 매섭게 노려보셨어요. 아빠는 노발대발하면서, 어떻게 외할머니인 주제에 아빠인 자기보다 아이들을 더 잘 돌볼 수 있다고 생각하는지 어처구니가 없다며 고함을 질렀어요. 아빠가 분에 못 이겨 뛰쳐나가자 엄마가 부리나케 따라갔는데, 엄마는 실내화에 얇은 옷만 걸친 채였어요. 외투도 안 입고. 아빠가 미처 트럭을 출발시키지 못해서 할머니와 매트와 나는 거듭해서 시동 거는 소리와 엄마와 아빠가 서로 고함치는 소리를 들었어요. 이어지는 엄마의 흐느낌 소리까지.

이상하게도 내게는 그때가 행복했던 순간으로 남아 있는데, 그건 매트와 할머니와 나, 셋이서 소파에 옹기종기 모여 앉아 있었기 때문이에요. 집안엔 훈훈한 기운이 감돌았고, 죽자 살자 고함치는 엄마와 아빠는 우리에게 불지 않는 바람처럼, 바깥 세상에 있었어요. 은빛 트리에는 꼬마전구들이 깜빡깜빡 밝고 눈부시게 빛났어요. 무척이나 아름다운 광경이었죠.

이제 엄마는 점점 더 크게 흐느끼네요. 엄마가 보는 영화에서는 시시껄렁한 배우들이 마치 실제 상황이라도 되듯 진정한 사랑에 관해 얘기하고 있구요. 샌디한테 전화해서 같이 쇼핑몰에나 가자고 해야겠어요. 매트도 데려가서 저 지긋지긋한 엄마의 울음소리에서 해방시켜 줘야겠어요.

9월 16일
이 일기는 읽지 마세요, 던프리 선생님.

제가 기특하지 않으세요? 일주일에 두 번만 쓰면 되는데, 또 쓰고 있으니 말이에요. 물론 누구에게도 이 사실을 털어놓지 않겠지만 일기 쓰는 게 그리 나쁘지는 않아요. 선생님들이 내주시는 과제물 가운데 그래도 이게 제일 할 만하거든요. 선생님이 제 일기를 읽지만 않으시면, 저는 생각하는 것을 뭐든지 솔직하게 쓸 수 있잖아요.

오늘 아침에 매트랑 싸워서 기분이 별로예요. 하긴 딱히 싸움이라기보다는 골치 아픈 일이라고 해야겠네요. 엄마는 밤마다 해거티스 슈퍼마켓에서 계산원으로 일하세요. 그래서 늘 매트의 등교 준비를 제가 챙기죠. 엄마는 우리가 학교에 간 뒤에나 집에 오시는데, 그때 퇴근을 하는 건지 아니면 그냥 여기저기 헤매다 그제야 들어오시는 건지 잘 모르겠어요. 아무튼 오늘 아침에 매트는 시리얼을 세월아 네월아 먹고 있었어요. 꼭 한 알씩 한 알씩 세고 있는 것 같더라구요. 참다 못해 후딱 좀 먹어 치우라고 했어요. 못되게 굴 생각은 아니었는데, 그만 가시 돋친 말투가 튀어나오고 말았어요. 걸핏하면 아빠가 내지르던 그런 말투였나 봐요. 매트가 꾸역꾸역 시리얼을 삼키기 시작하더니, 아예 대접을 들고 남은 우유를 몽땅 들이키는 거였어요. 아니나 다를까, 너무 서둘러 마시는 바람에 앞자락에 거지반을 흘리고 말았어요.

"얘가 도대체 뭐 하는 짓이야."

저는 이렇게 말하면서, 이번에는 정말이지 버럭 신경질을 내고 말았어요. 으레 윗도리를 갈아입으라는 소리로 들었으려니 생각해서 신경도 쓰지 않았어요. 갈아입을 옷이 없을 텐데 싶어 짜증이 나기도 했어요. 더군다나 제시간에 학교를 가기는 말짱 글렀거든요.

매트가 저한테 맞받아 소리쳤더라면, 누나가 빨리 하라고 닦달을 하는 바람에 흘린 거라고 핑계라도 댔더라면, 제 마음이 한결 가벼웠을 텐데. 하지만 매트는 그저 고개를 툭 떨군 채 잠자코 앉아 있었어요. 그런 매트의 입술이 부르르 떨렸어요. 그러더니 뺨을 타고 눈물이 방울방울 흘러내리기 시작했어요. 사방으로 뻗친 노란 머리카락에, 우유 콧수염을 그린 채 매트는 아무런, 아무런 반항도 하지 못했어요. 저는 마치 새끼 고양이를 물 속에 빠뜨리기라도 한 것처럼 끔찍한 짓을 저지르고 있다는 생각이 들었어요. 매트는 꼭, 꼭 새끼 고양이 같았어요. 아니면 아기 사슴 밤비나. 매트의 가슴을 아프게 하는 게 세상에서 제일 잔인한 짓처럼 여겨졌어요.

그래서 저는 매트를 깨끗이 닦아 주고, 빨래 바구니에서 그나마 좀 덜 지저분한 윗도리를 찾아 입으라고 주었어요.

어찌나 속이 상하던지, 도리어 매트한테 분풀이를 해 댔고 매트는 더욱 심하게 울었어요. 함께 학교 가는 동안에도 매트는 줄곧 울었어요. 역시나 우리는 지각을 했고, 그 바람에 저는 일주일 내내 방과 후에 남는 벌을 받았어요. 그건 오늘도, 내일도, 아니 금요일까지 방과 후에 매트를 데리러 갈 수 없다는 뜻이죠. 그래서 여간 걱정이 되는 게 아니에요. 물론 매트는 일곱 살이니까 혼자서 집에 갈 수 있을 정도는 됐죠. 저는 일곱 살에 혼자 집에 걸어갔거든요. 그런데 말이죠. 매트는 제가 다섯 살 때보다 더 철부지예요.

매트가 아직도 울고 있지 않기를 빌어요. 다른 애들이 놀려 대거든요. 녀석들이 그러는 걸 저도 알아요. 벌서고 나서 집에 가는 길에 가게에 들러 스니커즈 한 봉지를 사다 줄까 봐요. 매트는 스니커즈라면 껌뻑 죽거든요. 그러면 적어도 제 기분이 누그러졌다는 걸 매트도 알게 될 테니 말이에요.

샌디에게 매트랑 있었던 일을 고스란히 들려주었더니, 샌디는 이해할 수 없다는 듯이 저를 빤히 쳐다보았어요.

"야, 매트는 네 동생이지, 아들이 아니야. 한 번만이라도 엄마가 알아서 돌보게 내버려 두면 안 돼?"

제가 일요일에 쇼핑몰에 갈 때 매트를 데려가자고 바득바득 우긴 데다 매트가 있는 데서 슬쩍했다가는 가만두지

않겠다고 으름장을 놓았기 때문에 샌디는 줄곧 샐쭉해 있었
어요. 샌디는 한창 유행하는 분홍색 짧은치마를 무척이나
입고 싶어 했는데, 살 돈이 없거든요.

샌디가 왜 그렇게 샐쭉해 있는지 모르겠어요. 딱히 문제
될 것도 없는데 말이에요. 그냥 좀 참았다가 월요일에 가서
슬쩍하면 될 걸 갖고, 원.

티시,

이번에 일기를 많이 쓴 걸 보니 흐뭇하구나. 한데 가끔은 네 일기를
읽게 해 줄 수는 없을까? 굳이 밝히고 싶지 않은 걸 밝히라는 게 아니라,
이렇게 꾸준히 일기를 쓰는 게 너한테 얼마나 도움이 되는지 알고 싶어
그렇거든.

9월 22일

좋아요, 던프리 선생님, 이 일기는 읽으셔도 돼요.

세상에, 벌써 개학한 지 한 달이 다 되어 간다니 정말 놀라워요. 엄청나게 많이 배운 것 같은데 말이에요. 하! 하!

일기를 꾸준히 쓰는 게 저한테 얼마나 도움이 되는지 알고 싶다고 하셨죠. 도움이 되는 것 같아요. 아이들이 하나같이 무슨 일기를 일주일에 두 번씩이나 쓰냐고 얼마나 구시렁대는지 몰라요. 하지만, 아, 선생님은 선생님이잖아요. 그러니까 선생님이 마음만 먹으면 일주일에 다섯 번이라도 쓰게 할 수 있겠죠, 그렇잖아요? (그렇게 하시라는 건 절대 아니에요!)

죄송해요, 아무리 머리를 쥐어짜도 쓸 말이 없네요. 나중에 더 쓸게요.

9월 23일

읽지 마세요, 던프리 선생님.

쳇, 어제 일기가 순 엉터리가 아니면 뭐가 엉터리겠어요?
제가 이러는 걸 선생님 개인에 대한 불만이나 뭐 그런 걸로
받아들이지 마셨으면 해요. 선생님치고, 선생님은 그리 밥
맛없는 분은 아니세요. 선생님은 레게 머리 선생님처럼 빽
빽 소리를 지르지도 않고, 딴에는 수업을 재미있게 하려고
애쓰시잖아요. 우리 가운데 아무도 셰익스피어며, 선생님이
오늘 얘기한 사람이 또 누구였죠? 포크너였나? 뭐 이런 사
람들에게 전혀 관심을 기울이지 않는 게 선생님 탓은 아니
지요. 제 생각에는 두 사람 가운데 어느 누구도 제 인생과는
아무 상관이 없어요. 둘 중에 누구든 집 나간 아빠에 좀비처
럼 구는 엄마가 있는 사람이 있나요? 둘 중에 누구든 저처
럼, 일할 필요가 전혀 없는 그 숱한 아이들을 위해 감자튀김
을 수도 없이 튀겨 대는, 이런 지긋지긋한 일을 해야 하는
사람이 있나요? 없잖아요.

아무튼 선생님은 누가 뭐래도 선생님이니, 진짜 중요한
일기를 보시게 하지는 않을 참이에요. 엄마가 매트랑 저에
게 아침밥을 차려 주지 않는 걸 아시면, 선생님이 누군가에
게 엄마가 우리를 학대한다고 말할지도 모르니까요. 레이첼

샘슨에게 그런 일이 있었어요. 레이첼이 수학 점수를 D를 받아서 아빠에게 맞은 일을 로즈 선생님에게 가서 말했어요. 그런데 선생님이 그 일을 교육부에 보고한 거예요. 다음에 무슨 일이 일어났는지 아세요? 사회사업가가 레이첼의 친구들을 일일이 찾아다니면서 샘슨 아저씨가 레이첼을 학대했는지 캐묻고 다녔지 뭐예요. 레이첼은 너무 창피해서 일주일 동안 학교에 나오지 않았어요.

선생님이 이 일기를 읽지 않을 거라 생각하지만, 설령 읽으시더라도, 제 심정을 솔직하게 털어놓은 일기를 읽지 못하게 한다고 언짢아하지 마시라는 말씀을 꼭 드려야 할 것 같아서요.

9월 25일

읽지 마세요, 던프리 선생님.

이런 일이 생기다니 도저히 믿을 수 없어요. 생각만 해도 메스꺼워요. 글쎄, 버드 터너가 저한테 데이트 신청을 했지 뭐예요.

버드 터너, 정말이지 생각하기조차 싫을 정도로 밥맛없는 사람이라서 일기장에 한 번도 들먹인 적이 없어요. 버드 터너는 버거보이에서 제 윗사람이에요. 나이는 아빠 또래인데도 아직도 얼굴에 여드름이 더덕더덕해요. 다들 뒤통수에 대고 여드름 박사라고 부르는 로비 리처즈보다도 많이 났어요. 게다가 그다지 큰 키도 아닌데 몸무게가 자그마치 90킬로그램은 나갈 거예요. 선생님도 보시면 그 사람이 버거보이 햄버거를 얼마나 많이 먹었을지 단박에 알아채실 거예요.

버드는 지배인도 아니고 부지배인인 주제에 총책임자 행세를 해요. 어젯밤 손님이 뜸해지자 버드는 차메인 스튜어트를 집에 보내고 저랑 단둘이서 일하고 있었어요. 셰이크 기계를 청소하고 있는데 버드가 뒤로 다가왔어요.

"티시."

버드가 끈적거리는 목소리로 저를 불렀어요. 저는 바닥 청소를 하라거나 주문을 받으라는 따위를 시키려고 그러나 보다 하고 생각했죠, 원체 자기는 빈둥거리면서 이거 해라 저거 해라 부려먹는 걸로 유명한 사람이거든요. 그래서 저는 일손을 멈추고 그의 얼굴을 똑바로 쳐다보았어요.

"티시, 넌 정말로 예뻐. 나랑 언제 영화 보러 가지 않을래?"

"저는 영화 같은 거 안 봐요."

순 거짓말이었지만, 무슨 상관이에요? 저는 뒤돌아서 셰이크 기계 속을 박박 문지르는 시늉을 했어요.

"꼭 영화 보러 가자는 게 아냐. 그냥 너랑 데이트하고 싶어."

그래서 제가 이렇게 쏘아붙였어요.

"절대로 그럴 일은 없을 거예요, 지구가 멸망하더라도."

그랬더니 버드는 불같이 화를 내며 그렇게 무례하게 구는 법이 어디 있느냐고 따졌어요. 사실은, 좀 우스웠어요. 버드는 애걸하다시피 했는데, 마치 제가 이제 그만 자라고 하면 텔레비전을 더 보겠다고 졸라 대는 매트 같았거든요.

친구들에게 이 얘기를 했더니 로첼은 버드를 성희롱으로 고소해야 한대요. 상사가 데이트하러 나가자고 조르는 게 성희롱인가요? 샌디는 깔깔대더니 저더러 실수한 거래요. 못 이기는 척하고 데이트 한번 해 주지 그랬느냐는 거 있죠. 그랬으면 필요할 때마다 쉴 수도 있고, 제가 줄곧 도맡아 하는 화장실 청소도 차메인한테 시킬지도 모르죠.

"기껏 주어진 기회였는데 잘 이용하지 그랬어."

샌디는 이렇게 말했지만, 전 버드 터너와 데이트를 하느니 차라리 평생 화장실 청소를 하는 편이 낫겠어요.

9월 28일

읽지 마세요, 던프리 선생님.

너무 짜증이 나요. 오늘 2주일치 일정표가 나왔는데, 주당 근무시간이 다섯 시간으로 싹둑 줄어든 사람이 누군지 아세요? 하! 바로 저예요. 그럼 일정표를 그 모양으로 짠 사람이 누구인 줄 아세요? 맞아요, 바로 버드 터너 그 인간이에요.

출퇴근 카드 위에 붙어 있는 일정표를 보고 어찌나 화가 치밀던지 몸까지 부르르 떨렸어요. 당장 사무실로 쫓아가 버드에게 욕이란 욕은 몽땅 퍼부어 주고 싶은 걸 가까스로 참았어요. 한 가지 이유 때문에요. 다음 달 매트 생일에 게임기를 사 줄 돈을 모으고 있거든요. 차라리 버드에게 욕이나 실컷 퍼부어 줄 걸 그랬나 봐요. 어차피 주당 다섯 시간 일해서는 가장 싼 게임기를 살 돈조차 모으지 못할 텐데 말이죠. 홧김에 로첼에게 전화해서 물어봤어요.

"성희롱 소송은 어떻게 하는 거니?"

그때 지배인인 시그레이브 씨가 사무실에서 나오더니, 손님들이 저렇게 줄줄이 늘어서 있는데 뭐 하는 거냐며 개인적인 전화를 하면 안 된다는 거예요. 시간을 잘 골랐으면 좋았을 텐데. 아무튼 시그레이브 씨에게 급히 할 말이 있다고 했어요.

줄곧 시그레이브 씨가 좋은 사람이라고 생각했는데, 대체 왜 버드 같은 인간을 고용했는지 모르겠어요. 하여간 시그레이브 씨는 제 처지를 별로 딱하게 여기는 눈치가 아니었어요. 요즘 손님이 부쩍 줄어서 직원들 근무시간도 조금씩 줄어들었다는 둥 지루하고 장황하게 변명을 늘어놓는 거예요.

"햄버거를 많이 팔아야 직원들에게 줄 돈이 생기지."

예, 맞는 말이죠. 그러고 보니 한 시간 동안 제가 만든 건 달랑 감자튀김을 곁들인 빅 버거보이 하나였어요. 하지만 차메인은 여전히 주당 열여덟 시간 그대로 일하고, 다른 직원 네댓 사람도 그렇지 않냐고 따졌죠.

"내 운영 방식이 마음에 들지 않으면, 그만둬도 된다."

이런 말을 하는 시그레이브 씨가 어찌나 야속하던지 하마터면 그만두겠다고 말할 뻔했어요. 그냥 돌아서서 앞치마를 홱 팽개치고 나왔다면 얼마나 후련했을까요. 그런데 그때 '매트에게 사 줄 게임기는 어쩌나.' 하는 생각이 드는 거예요. 그래서 몸을 곧추세우고 시그레이브 씨를 마주보고서 최대한 부드러운 목소리로 말했어요.

"무슨 말씀인지 알겠어요, 시그레이브 씨. 그래도 버드한테 얘기나 한번 해 주시겠어요?"

그러고서 그 자리에서 물러 나왔어요. 제가 얼마나 품위 있게 굴었는지 몰라요.

10월 1일

읽지 마세요, 던프리 선생님.

세상에나, 세상에나. 오늘 새 일정표가 나왔는데 놀랍게도 제 근무시간이 열다섯 시간으로 늘어난 거 있죠. 썩 만족스럽지는 않지만, 그래도 다섯 시간에 비하면 훨씬 나아진 거죠. 승리를 자축하는 춤이라도 덩실덩실 추고 싶을 정도였으니까요. 그런데 그때 버드가 저를 부르더니 케이블 축구부 전원이 먹고 난 탁자를 치우라고 했어요, 난장판이 따로 없었어요! 케첩과 겨자를 한데 뒤섞어 손가락으로 의자에 그림을 그려 놓은 거죠. 게다가 소금병이랑 후추병 뚜껑을 따고 그 속에 바비큐 소스를 들어붓질 않나, 쉰 장쯤 되는 냅킨에다 뿌려 놓질 않나. 그걸 말끔히 정리하는 데 자그마치 한 시간이나 걸렸지 뭐예요. 그런데도 줄곧 기분이 좋았어요. 로첼한테 근무시간이 좀 늘어났다고 했더니, 로첼은 이제 저를 '여전사'라고 부른답니다. 로첼, 하루에 화장하고 머리 마는 데만 두 시간을 쏟아 부을 게 틀림없는, 그 로첼이 이렇게 열렬한 여성주의자인 줄 누가 짐작이나 했겠어요?

오늘 밤은 기분이 너무, 너무 좋아요. 매트랑 같이 먹으려고 햄버거랑 감자튀김 한 봉지를 가득 채워 가져왔고, 우리는 식탁에 둘러앉아 말장난을 했어요. 매트는 뭐가 그리 우스운지 제가 지어낸 시시하기 짝이 없는 농담 한 마디에도 배꼽을 잡았어요.

"똑, 똑.— 누구십니까?— 햄버거입니다.— 햄버거라구요?— 버거보이요."

매트는 아예 숨이 깔딱깔딱 넘어갈 정도였어요. 뭐가 그렇게 재미있는지 이해할 수 없었지만, 매트가 하도 유쾌하게 웃어젖히는 바람에 저도 덩달아 웃음이 나왔어요.

그때 엄마가 텔레비전을 보다 말고 말했어요.

"똑, 똑."

매트가 대답했어요.

"누구십니까?"

"아무도 없다."

그렇게 말하는 엄마 눈빛이 이상해서 저는 겁이 났어요. 하지만 매트는 놀이에 취해서 소리를 질렀어요.

"아무도 없다니요?"

엄마가 말했어요.

"너희들만큼 웃기는 애들은 아무도 없다고."

그러자 우리는 한바탕 웃음보를 터뜨렸는데, 몇 년 만에
처음으로, 이번만큼은 우리 보너 집안의 모든 일들이 순조
롭게 풀릴 것처럼 여겨졌어요.

어머나, 방금 알았는데, 이번 주에 자그마치 다섯 번이나
일기를 썼어요. 좋아요. 선생님께 깜짝 선물로 드리죠, 뭐.
앞으로는 이런 실수를 되풀이하지 않도록 조심해야겠어요.
선생님이 제가 이런 일기 따위에 흥미를 갖고 있다고 여기
시면 곤란하니까요.

티시.

좋아. 이렇게 많이 쓰다니 흐뭇하구나.

10월 6일

제발 읽지 마세요, 던프리 선생님.

일이 잘될 거라고 생각하다니 제가 참 어리석었어요. 오늘 학교에서 돌아와 보니 엄마는 텔레비전도 보지 않고 거실 흔들의자에 앉아 맥없이 앞뒤로 흔들흔들하고 있었어요. 엄마한테 괜찮은지 물었더니 엄마가 대답했어요.

"네 아빠가 돌아왔대."

물론 저는 엄마가 무슨 말을 하고 싶은지 알았어요.

"그래서요? 상관없어요."

그 말에 엄마는 벼락같이 화를 냈어요.

"상관없다고? 상관없다고 했니? 난 상관 있어. 네 아빠니까! 내 참 어이가 없어서."

저는 매트에게 방에 가서 숙제를 하라고 했어요. 매트는 징징대며 우는소리를 했어요.

"숙제하기 싫어. 아빠 보러 가면 안 돼?"

매트는 너무 어려서 아빠가 집에 있을 때 어땠는지 기억조차 못해요. 매트는 그냥 텔레비전에 나오는 아빠를 떠올리는 것뿐이라구요. 모르긴 해도 〈코스비 가족〉에 나오는, 사뭇 멋지고 다정하고 자상한 그런 아빠일걸요. 매트는 우리 엄마가 텔레비전에 나오는 엄마들과 다르다는 걸 알아야 해요. 그런데 아빠라고 텔레비전에 나오는 아빠랑 같겠어요? 급기야 제가 억지로 매트의 등을 떠밀었어요.

"그래서 어떻게 할 작정인데?"

저는, 로첼이나 체스티티나 샌디가 남자친구들 문제로 고민할 때 으레 하던 식으로 말문을 열었어요.

"나도 잘 모르겠어……어떡하지?"

늘 그렇듯이 나약해 빠진 엄마.

"아빠를 좀 만나야겠어. 혹시 돌아올지도 모르잖니……."

저는 그냥 콧방귀를 뀌고 제 방으로 왔어요. 할머니가 아직도 살아 계셨으면 얼마나 좋을까요. 할머니는 엄마한테 왜 이렇게 못나게 구느냐고 따끔하게 한마디 하셨을 텐데. 물론 엄마는 듣는 척도 하지 않았을 테지만요.

10월 7일

읽지 마세요, 던프리 선생님.

전부 엄마 탓이에요. 도저히 아빠 생각을 떨쳐 버릴 수가 없어요. 아빠가 그렇게 고약하게 굴지 않았을 때, 엄마랑 다투지도 않고 악다구니를 퍼부어 대지도 않던 때를 떠올려 보려고 했어요. 그런 적이 있긴 있었어요. 제가 어렸을 때, 그러니까 정말로 제가 아주 어렸을, 두세 살 무렵에 아빠는 시멘트 트럭 운전사였어요. 저는 그 트럭을 빙글빙글 트럭이라고 불렀고, 아빠는 그 소리에 너털웃음을 터트리곤 하셨지요. 자못 흐뭇한 표정으로. 대견스럽다는 듯. 아빠가 엄마와 저를 빙글빙글 트럭에 태워서, 우리 모두 나란히 앉아 치토스를 먹던 때가 기억나요. 눈을 감으면 생생하게 떠오르는데, 손이며 얼굴에 온통 오렌지색 치토스 가루를 뒤집어쓰고도 다들 왁자하게 웃으면서 아무런 신경도 쓰지 않던 때가. 행복했어요. 엄마랑 아빠도 행복했을 거예요.

그런데 그런 뒤에 무슨 일이 일어난 줄 아세요? 언제부터인가 제가 온통 치토스 가루를 뒤집어쓰고 먹을라치면, 아빠는 저한테는 왜 이렇게 칠칠치 못하냐고, 엄마한테는 애 하나도 돌볼 줄 모르는 팔푼이라면서 고래고래 고함을 치던 기억이 나요. 아빠가 왜 그렇게 변해야만 했을까요?

아빠가 빙글빙글 트럭 회사에서 쫓겨났다는 걸 알아요.
우리 가족 모두가 외할머니랑 살려고 여기로 온 뒤에 일어
난 일이에요.

10월 12일
읽지 마세요, 던프리 선생님.

엄마는 이제 바보 같은 짓을 할 거예요. 그러고도 남을
사람이니까요.

엄마는 사흘 밤을 내리 일하러 가지 않았어요. 엄마가 전
화 거는 걸 깜박했기 때문에 제가 나서서 엄마가 아프다고
전화를 걸어야 했어요. 엄마는 그냥 흔들의자에 앉아 의자
를 흔들흔들하면서 "그이를 만날 수 있어. 잘될 거야." 하는
말만 중얼거리고 있었어요. 엄마는 자지도 않고 먹지도 않
아 정말이지 몰골이 말이 아니었기 때문에, 엄마가 아프다
고 사장에게 말한 건 새빨간 거짓말은 아니에요.

딴에는 엄마 기분을 풀어 준답시고 제가 말했어요.

"엄마, 아빠를 만날 거면, 좀 꾸며야지. 목욕도 하고 얼굴
에 뭐도 좀 찍어 바르고 그래."

그 말을 하지 말았어야 했어요. 엄마는 흐느껴 울기 시작

하더니 목욕탕으로 뛰어갔어요. 그러더니 문을 걸어 잠그고는 연신 "이렇게 추한 몰골로 어떻게 그이를 만나⋯⋯." 하고 탄식을 토해 냈어요. 저는 엄마가 거울을 보고 있다는 걸 알았어요. 그러고서 엄마는 거의 45분 동안 목욕을 했어요. 저는 엄마가 손목을 칼로 긋기라도 할까 봐 좀 걱정스러웠어요. 하지만 다행인 건, 엄마가 함부로 그런 짓을 할 사람은 아니라는 거죠.

엄마가 이렇게 이상하게 구는 동안에 저는 매트를 엄마에게서 떼어 놓으려고 몸부림을 쳤어요. 어젯밤에는 마침 일하지 않는 날이라 매트를 쇼핑몰로 데려가 문 닫을 시간까지 붙들고 있었어요. 매트는 내내 칭얼거렸어요.

"티시 누나, 집에 가면 안 돼? 다리 아파."

어쨌거나 그러고서 집에 닿으면, 매트는 잠자리에 들기가 무섭게 곯아 떨어져서 엄마가 무슨 소리를 지껄이는지 모르거든요.

엄마가 넋 나간 사람처럼 군다는 사실을 눈치 채지 못하게 하려고 갖은 애를 쓰면서 체스티티와 로첼과 샌디에게 이런 문제를 겪고 있다면 어떻게 하겠는지 넌지시 물어보았어요.

"너희들도 엄마가 이상하게 굴 때가 있니?"

샌디가 콧방귀를 뀌더니 말했어요.

"엄마들은 이상하게 굴려고 태어난 사람들이잖아."

그러자 체스티티가 자기 엄마는 단정치 못하다는 이유로 헤어스프레이도 양껏 못 쓰게 한다는 둥 앞머리를 조금만 높게 부풀려도 잔소리를 얼마나 하는지 모르겠다는 둥 끝도 없이 주절댔어요. 체스티티가 학교에 와서 머리 손질을 하는 것도 바로 이런 이유 때문이에요.

"그런 거 말고 진짜 이상하게 구는 거 있잖아."

하지만 그 애들은 도무지 제 말을 알아듣지 못했어요. 하긴 뭘 기대하겠어요? 그 애들 관심거리는 오로지 얼굴에 찍어 바르는 거하고 사내 녀석들뿐인데. 그나마 제가 제일 똑똑한데, 그 애들이 무슨 수로 쓸 만한 대답을 해 주겠어요?

10월 15일

외할머니가 아직도 살아 계셨으면 얼마나 좋을까. 할머니는 엄마에게 어떻게 해야 할지 아셨을 텐데. 할머니는 우리를 참 잘 보살펴 주셨다. 할머니와 함께 살려고 이리 이사 온 뒤로 한동안 어두워지기만 하면 무서움에 떨던 기억이 난다. 그런 밤이면 할머니가 오셔서 묻곤 하셨다.

"깜깜한 데 뭐가 있다고 그렇게 무서워하니?"

내가 귀신이나 어린애를 잡아가는 무시무시한 괴물을 주워섬기면 할머니는 손사래를 치면서 말씀하시곤 하셨다.

"다 물러가라. 다 물러가라. 이제 다 가 버렸다."

할머니가 이렇게 말씀하시면, 나는 그 말을 믿었다. 할머니가 손사래를 칠 때마다 라벤더나 라일락 같은 부인용 향수 냄새가 났는데, 그 향기가 사악한 귀신들로부터 나를 보호해 줄 것만 같았다. 그러고서 한동안은, 귀신들이 나올까봐 겁을 내거나 하지 않았다.

이제 생각났는데, 우리가 처음 할머니 집으로 와서 살 때 아빠는 우리랑 같이 살지 않았다. 그보다 나중이었다.

티시,

드디어 내게 '진솔한' 일기를 읽을 기회를 주다니 얼마나 기쁜지 모르겠구나. 네가 제법 일기를 많이 쓰는 걸 아는데, 거의 모든 일기에 "읽지 마세요."라고 토를 달아 놓아서 여간 실망스러운 게 아니었거든. 물론 비밀을 지키고 싶은 네 바람을 존중해 주고 싶었지.

이 일기 한 편만 봐도, 네게는 글 쓰는 데 탁월한 재주가 있어. 보여 주고 싶은 사실을 제외한 나머지를 능수능란하게 감추는 뛰어난 솜씨 말이야. 아마도 어린 시절 추억의 힘을 빌려 삶에 활력을 불어넣고 싶은 모양이구나. 어쨌거나 문학잡지 같은 데 응모해 보면 어떨까? 너도 보긴 했을 텐데, 혹시 〈로드스타〉라고 아니? 너 정도라면 투고해도 될 거야. 관심 있으면 나한테 알려 주렴.

그런데 여기에 어머니(와 아버지도?)와 네 사이에 벌어진 문제를 너무 모호하게 그리고 있어. 굳이 캐묻고 싶지는 않지만, 네가 겪고 있는 문제(들)가 무엇이건 간에 학교에는 너를 기꺼이 도와줄 수 있는 사람들이 무척 많단다. 상담원을 찾아갈 수도 있고, 새로 생긴 학생 지원 프로그램을 이용할 수도 있어. 또래와 이야기하는 게 더 편하다면 또래 상담도 가능하고 말야. 그리고 두말할 나위 없이, 원한다면 나는 언제든 네 이야기를 들어줄 수 있어. 다만, 절대 너 혼자서 모든 문제를 해결해야 한다고 생각하지는 마.

10월 21일

절대로 읽지 마세요, 던프리 선생님.

지난번 일기에 "읽지 마세요."라고 토를 달아놓는 걸 깜빡하다니 도무지 믿을 수가 없다. 어떻게 그런 바보 같은 짓을 할 수 있담? 나한테 고민거리가 있다는 걸 이제 던프리 선생님이 알아채고 말았다. 경사 났네. 오늘 수업 중에 선생님이 줄곧 묘한 눈길을 보내고 있어 어리둥절했는데, 선생님이 일기장을 돌려주고 나서야 비로소 내가 그런 끔찍한 실수를 저질렀다는 걸 알게 되었다. 아, 던프리 선생님, 세상에 걱정거리 없는 사람은 없어요, 안 그래요? 절 그냥 내버려 두라구요.

도움을 요청할 수 있는 곳이 어디어디 있는지 선생님이 시시콜콜 주워섬기는 걸 보고 얼마나 어처구니가 없었는지 모른다. 상담원이라고? 아무렴, 좋다마다. 허젠버거 선생님처럼 시간을 기꺼이 내주겠지. 지난해에, 다음 학기에 무슨 수업을 듣고 싶은지 상담하러 갔을 때 주고받은 대화라고는, "좋아, 좋아. 그래. 괜찮아. 다음 학생에게 들어오라고 해 줄래."가 고작이었다. 아니, 가만 있어 봐, 나더러 또래 상담도 괜찮다고 하셨던가? 그런 말 같지도 않은 소리는 듣다듣다 처음이다. 또래 상담원이 학교에서 제일 입이 싸다는 걸 모르는 애가 없는데 말이다. 불쌍한 론다 하트숀만 봐도 안다구. 헤더 오웬스와 미치 라미레즈에게 "일급비밀"이라고 못을 박았는데도 불구하고, 어처구니없게도, 론다가 임신을 했고 낙태 수술을 할까 생각 중이라는 사실이 학교 전체에 파다하게 퍼졌잖아. 불쌍한 론다. 트레몬트 선생님까지 충고하려고 하셨지.

그러니, 고맙지만 사양하겠어요, 던프리 선생님. 제 문제는 저 혼자서 해결할 수 있다구요. 썩 잘할지는 모르겠지만, 제 문제잖아요.

지난번 일기에 너무 주절주절 늘어놓지 않아 그나마 다행이지. 그냥 할머니 얘기, 아이들 잡아가는 귀신 얘기, 할머니의 향내 얘기뿐이었으니 말이다. 실수로 던프리 선생님께 훨씬 당혹스러운 일기를 보여 드렸을지도 모르는데.

나더러 〈로드스타〉에 투고해 보라고 하시다니 선생님도
이만저만 재미있는 분이 아닌걸. 메건 새터스웨이트가 150
달러짜리 스웨터를 입고서 무슨 은혜라도 베풀 듯 100발짝
까지는 접근해도 좋다고 허락해 주던 꼴이잖아. 내가 그런
속물들이랑 어울리고 싶어 하는 것처럼. 내가 글을 쓰고 싶
어 안달이라도 난 것처럼 말이야.

10월 23일

읽지 마세요, 던프리 선생님.

선생님 잠자코 계시면 좀 안 돼요? 오늘 수업 끝나고 선
생님이 저더러 남으라고 하셨을 때, 틀림없이 무슨 문제가
생겼구나 싶었어요. 한데 그게 아니라, 선생님은 그냥 〈로드
스타〉에 대해 다시 얘기했으면 하셨어요. 그리고 간신히 낙
제를 면하는 데 연연해할 게 아니라 어떻게 하면 우등생 명
단에 들 수 있는지 논의해 보자고 하셨죠, 맞죠?

우리 부모님하고 상의해 보면 어떻겠냐고 물으시다니,
기가 막혀서 말이 다 안 나올 지경이었어요. 선생님은 이렇
게 말문을 여셨죠.

"대부분의 청소년들이 부모님 얘기를 잘 안 듣는다는 걸

나도 알지만, 부모님 간섭이 필요할 때도 있단다. 부모님과 선생님들이 서로 협력해야 할 때도 더러 있어……."

던프리 선생님, 선생님은 꼭 교과서처럼 말씀하실 때가 있어요. 선생님이 우리 엄마와 함께 있는 장면이 그려져요. 배꼽 빠지게 웃긴 거 있죠. 어디 한번 보실래요. 여기 실크 블라우스에 고급 치마를 입고 자신 있게 말씀하시는 던프리 선생님이 계세요. 그리고 낡아빠진 청바지를 입고 "했걸랑요", "제 딸년이" 하며 무식하게 지껄이는 엄마가 있구요. 선생님이 "잠재적 학습능력"에 관해 말씀하시면 엄마는 어리벙벙한 표정을 짓겠죠. 엄마는 "뭐라구요?" 하고 오십 번도 넘게 되물을걸요.

아니면 선생님이 정말로 의협심에 불타 우리 아빠가 어디 있는지 샅샅이 추적했다고 치자구요. 설사 아빠를 찾아내셨다 해도, 선생님은 맥주 상표가 그려진 야구 모자에 오래돼서 너덜너덜해진 플란넬 윗도리 아래로 삐져나온 속옷 차림의 아빠 모습이 꽤나 인상 깊으실 거예요. (그나마도 이게 제가 본 아빠 모습 가운데 제일 근사한 차림이랍니다.)

아빠가 이렇게 물을지도 몰라요.

"그런데 티시가 누구요?"

여보세요, 던프리 선생님. 일찌감치 포기하세요.

오늘은 매트 생일이에요. 학교가 파하고 우리는 함께 버스를 타고 맥도날드에 갔어요. (맥도날드에서는 직원 할인도 받을 수 없었지만, 매트가 버거보이보다 맥도날드를 더 좋아하니까요. 아마도 제가 날마다 갖다준 버거보이 햄버거에 물렸나 봐요.) 매트에게 먹고 싶은 건 뭐든지 고르라고 했더니, 빅맥 하나와 감자튀김과 딸기 셰이크 큰 컵을 시켰어요. 매트는 다 먹지 못하고 죄다 남겼어요. 하지만, 아, 오늘은 매트 생일이잖아요. 오늘만큼은 매트에게 하고 싶은 걸 맘대로 하라고 했어요. 무슨 짓을 해도 혼내지 않겠다고.

"티시 누나, 누나가 나 혼낸 적 없잖아."

"왜 없어. 괜히 비위 맞추려고 하지 않아도 돼. 별일도 아닌 걸로 누나가 혼낸 적 많잖아."

"그게 다 나 잘되라고 그런 건데, 뭐."

그러고서 어금니를 드러내 보이며 씩 미소 짓는 매트가 어찌나 앙증맞고, 사랑스럽고, 천진난만해 보이던지. 잘되라고 혼내는 거라는 말을 학교에서 주워들은 모양이에요. 아무튼 그 말을 들으니 제가 매트한테 그렇게 못되게 군 건 아닌가 보다 싶었어요.

아직 돈을 다 모으지 못했기 때문에 게임기를 사 주지 못했어요. (제가 버는 돈을 조금이라도 저축할 수 있게 엄마가 매트와 저한테 점심 값이라도 주었더라면, 사 줄 수 있었을 텐데.) 게임기 대신 야구 장갑을 사 주었어요. 별 볼일 없는 선물 같긴 했지만 막상 살 만한 게 없더라구요. 그런데 매트는 좋아서 어쩔 줄 몰라 했어요. 다른 남자애들은 하나같이 야구 장갑을 갖고 있는데, 자기한테도 생길 거라고는 꿈도 못 꾸었다나요. 매트는 야구 장갑을 품에 꼭 안고 잤어요. 게임기는 크리스마스에나 사 줄 수 있을 것 같아요.

10월 24일

읽으시면 안 돼요, 던프리 선생님.

글쎄, 엄마가 사라졌다가 사고를 치고 돌아왔지 뭐예요. 어젯밤에 제가 매트랑 맥도날드에 간 동안, 엄마는 아빠를 찾아 온 동네를 뒤지고 다녔어요. 결국 시델 거리에 있는 알리바이 술집에서 아빠를 찾아냈어요. 거기는 온통 담배 연기에 찌든 천박하고 불결한 술집이에요. 선생님은 틀림없이 세상에 이런 데가 있는 줄도 모르실걸요. 엄마가 아빠에게 무슨 말을 했는지 몰라요. 알고 싶지도 않아요. 그런데 오늘 아침에 일어나 부엌으로 가는데, 아빠가 떡하니 식탁에 앉아 줄곧 우리랑 살아오기라도 한 양 천연덕스럽게 달걀과

토스트를 먹고 있는 게 아니겠어요.

저는 우뚝 걸음을 멈추고 아빠를 빤히 쳐다보았어요.

"그게 2년 만에 보는 아빠한테 하는 인사니?"

아빠는 이루 말할 수 없이 다정하고 나긋나긋한 목소리로 물었어요.

이봐요, 댁을 2년 동안 못 본 건 내 탓이 아니잖아요.

저는 아빠의 기색을 살피며 말했어요.

"안녕하세요, 아빠?"

전혀 눈치 채지 못했는데, 매트가 제 바로 뒤에 있었어요. 제 말이 끝내기가 무섭게, 매트가 제 앞으로 불쑥 튀어나왔어요.

"아빠? 아빠야?"

그러더니 매트는 아빠에게 달려가서는 꼬마 녀석답게 아빠를 꼭 껴안는 거예요. 그야말로 진심에서 우러나온 포옹이었죠. 아빠는 매트를 번쩍 들어올려 무릎에 앉히더니 말했어요.

"그래, 이렇게 인사하는 거지."

매트가 물었어요.

"정말 아빠야?"

아빠가 고개를 끄덕이자 매트는 다시 아빠를 부둥켜안았

어요. 바로 그 순간 그 자리에서 매트의 행동을 보고 하마터면 왈칵 눈물을 쏟을 뻔했어요. 이렇게 행복해하는 매트를 본 게 얼마 만인지. 줄곧 슬퍼 보이던 매트의 눈길을 어느 순간부터 외면했던 것 같아요. 매트는 웃고 또 웃고 또 웃었어요. 저는 매트를 와락 부여잡고 소리치고 싶었어요.

"안 돼, 그러지 마. 그 사람을 믿으면 안 돼."

그때 쓰레기통을 비우고 들어오던 엄마가 한술 더 떠서 천하에 둘도 없는 바보처럼 헤벌쭉 웃었어요. 이 집안에서 유일하게 저만 기억력이 있는 사람인가요?

"그 동안 어디서 뭐 하셨어요? 꽤 오랜만에 뵙는데."

비꼬는 기색이 역력한 제 말투에 입바른 소리를 한다고 한바탕 불호령이 떨어지겠구나 싶었는데, 아빠는 그냥 어깨를 으쓱할 뿐이었어요.

"여기저기 떠돌아다니면서 트럭을 몰았지. 플로리다에서 오렌지도 실어 나르고, 시카고에서 돼지고기도 실어 나르고, 뭐든 닥치는 대로 했지."

아빠는 자신의 모험담을 들려주기 시작했어요. 애리조나 플래그스태프에서 기지를 발휘해서 강도를 물리친 일이며, 버몬트 벌링턴에서 눈보라에 갇혀 오도가도 못했던 일을. 그런데 저 혼자만, 아빠가 이제야 돌아온 일이며, 집을 떠나 있는 동안 엽서 한 장 보내지 않은 걸 납득할 수 없나 봐요. 매트는 연신 환하게 웃으며 아빠의 다리에 매달려 있고, 엄마는 그 옆에 앉아 이따금씩 팔을 뻗어 아빠의 머리칼을 쓰다듬고 있었어요. 마치 아빠가 여기에 있다는 게 도무지 믿기지 않는다는 듯이.

저는 문가에 있었어요. 무슨 일이 생기면 잽싸게 튈 수 있게 단단히 준비를 하고 있었던 것 같아요. 다만 튈 때 튀더라도 매트는 데려가고 싶어요.

10월 27일

읽지 마세요, 던프리 선생님.

어젯밤 버거보이에서 일하는 동안, 아빠가 매트를 놀이공원에 데려가서 큼지막한 게임기를 사 주었는데, 그건 내가 사 주려고 했던 것보다 훨씬 좋은 거였다. 일을 마치고 집에 돌아와 보니, 아빠가 설치를 다 끝냈고, 둘이서 우주의 침략자들로부터 지구를 구하는 내용의 게임을 하고 있었다.

매트가 나한테도 같이 하자고 했지만, 나는 매트더러 잘 시간이 지났다고 못을 박았다.

내가 이죽거리며 말했다.

"어른이라면 그 정도는 알아야 하는 거 아닌가."

예전에는 아빠가 이런 말을 들으면 그야말로 불같이 화를 냈기 때문에 나는 겁이 좀 났다. 그런데 운이 좋았는지, 게임이 워낙 시끄러워서인지 아빠가 내 말을 못 들은 눈치였다.

"티시 누나, 같이 게임하자."

매트의 말에 아빠가 끼어들었다.

"안 하면 자기만 손해지, 뭐. 우리끼리 더 재미있게 놀면 되잖아. 아빠랑 더 놀자꾸나. 이건 사내들이 하는 게임이야, 계집애는 필요 없지."

매트도 따라서 말했다.

"맞아, 여자는 하면 안 돼, 티시 누나."

어찌나 울화가 치미는지 내 방에 돌아왔다. 누구든 한 대 갈겨 주고 싶었다. 주먹으로 침대를 내려치고 또 내리쳤다. 급기야 엄마가 빽 소리를 질렀다.

"티시, 그만해!"

하지만 나는 말대꾸하지 않았다. 엄마와 아빠가 이렇게 한 쌍의 원앙처럼 사이가 좋은데, 공연히 엄마한테 한마디 했다가는 아빠가 나를 가만두지 않을 것 같아서 꾹 참았다.

나도 엄마랑 매트처럼 아무 생각 없이 웃고, 또 웃고, 또 웃을 수 있으면 얼마나 좋을까. 아빠가 2년 동안 집을 나갔던 게 무슨 상관이야? 아빠는 이제 돌아왔는데. 아빠가 허구한 날 고함치고, 그릇을 집어 던지고, 엄마를 때리고, 심지어 나까지 때린 일이 있건 말건 그게 무슨 상관이야? 아빠는 이제 아무도 때리지 않는데.

아직까지는.

외할머니가 살아 계셨다면, 내 편이 되어 주셨을 텐데. 할머니는 엄마와 매트에게 정신 좀 차리라고 따끔하게 일러 주셨을 텐데 말이다.

티시,

잘 썼다. 〈로드스타〉에 기고하는 문제에 관해 생각해 보렴……

11월 3일

읽지 마세요, 던프리 선생님.

아빠는 아직까지 얼마나 다정한지 모른다. 매트에게 해적 의상도 사 주고, 토요일 밤에는 '사탕 줄래 아니면 장난 칠까(핼로윈 밤에 어린이들이 이웃을 돌면서 사탕 달라고 조르면서 하는 말.―옮긴이)' 놀이에도 데리고 다녔다. 그날 나는 로첼, 체스티티와 함께 핼로윈 파티에 갔었는데, 새벽 세 시에 집에 돌아온 걸 아무도 눈치 채지 못했다.

이런 꿈같은 생활이 언제까지 지속될까? 믿어도 되는 걸까?

아빠가 더 이상 일하지 않는다는 걸 안다. 그런데 무슨 돈으로 매트에게 이것저것 많이 사 주는지 모르겠다. 며칠 전에 나한테도 향수를 사 주었지만 내가 쓰는 향수가 아니

라고 했다. '하얀 모래' 라는 이름의 향수인데, 나보다 나이
든 여자들이 쓰는 거다.

11월 6일

제발 읽지 마세요, 던프리 선생님.

어쩐지 너무 잘 지낸다 싶었다. 어젯밤에 엄마랑 아빠가
한바탕 싸웠다. 버거보이에서 돌아와 보니, 아빠는 엄마에
게 신발짝이며, 전등이며, 장식용 접시 따위를 집어 던지고
있었고, 그 바람에 엄마는 텔레비전을 꺼야 했다.

"매트는 어디 있어요?"

나는 지체 없이 물었다. 아빠는 내가 엄마보다 더 꼴사납
게 구는 것 같다는 둥 하면서 고함을 쳤다. 아빠가 나한테
외할머니의 골동품 화분을 던질지도 모른다는 생각이 들었
다. 나는 얼른 내 방으로 뛰어가 문을 쾅 닫았다. 그런 다음,
아빠가 쫓아오지 않는 걸 확인하고서 살금살금 매트 방으로
내려갔다. 매트는 자기 방 침대 밑에 숨어서 울고 있었다.
매트를 끌어내어 침대에 앉히고 나도 옆에 앉았다. 머리는
보무라지투성이였고, 한참을 울었는지 눈은 시뻘겋게 통통
부어 있었다. 나는 기세등등하게 거실로 돌아가 아빠와 엄

마에게 입 좀 다물든지, 밖으로 나가든지, 아무튼 매트에게
상처 주는 짓은 이제 그만 하라고 쏘아붙이고 싶은 마음이
굴뚝같았다. 그러는 대신 나는 매트의 귀를 두 손으로 꼭 막
아 주었다.

"저 밖에 있는 사람은 아빠가 아냐."

"그래?"

"응. 저 사람은 나쁜 사람이야. 아빠는 나한테 선물을 주
었는걸."

내가 뭐라고 대답할 수 있었을까? 잠시 후 매트가 물었다.

"엄마랑 아빠는 왜 싸우는 거지?"

나는 아무 소리도 듣지 않으려고 애를 썼지만, 귀머거리
가 아닌 바에야 그건 애당초 불가능했다. 엄마가 흐느껴 울
면서 애처롭게 빌고 있었고, 아빠는 계속 해거티스에서 엄
마랑 같이 일하는 누군가를 들먹이며 목청껏 고함을 지르고
있었다. 아빠가 없는 동안 엄마가 바람을 피웠다고 여기는
눈치였다. 미치겠군. 엄마가 다른 남자를 거들떠본 적도 없
지만, 설령 그랬다 한들 그게 어쨌단 말인가? 아빠는 2년씩
이나 없었으면서! 엄마한테 도대체 뭘 기대하는 걸까?

아무튼 매트에게는 어른들 문제로 다투는 거라고 말해
주었다. 그걸 이해하려면 지금보다 훨씬 나이를 먹어야 한

다고 했다.

"누나는 이해할 수 있어? 누나는 나보다 훨씬 나이가 많 잖아."

매트가 물었다. 매트가 그 천진난만한 눈으로 바라보는 통에 하마터면 눈물을 쏟을 뻔했다. 매트가 어른들은 저렇 게 행동하게 마련이라고 생각하도록 두고 싶지 않았다. 내 가 정작 하고 싶은 말은 바로 이 말이었다.

"엄마도 아빠도 정말로 끔찍하지?"

두 사람에게 몸서리가 쳐진다. 둘 다 싫다, 싫다, 싫다, 꼴도 보기 싫다! 애리조나 플래그스태프든 버몬트 벌링턴이 든 둘 다 떠나 버렸으면 좋겠다. 심지어 둘 다 죽어 버렸으 면 싶기도 하다. 둘이 어디로 가 버리건, 자기들 인생을 만 신창이로 만들건 상관하지 않는다. 그런데 매트랑 내 인생 까지 엉망진창으로 만들고야 마는 이유는 도대체 뭘까?

11월 9일

읽으시면 안 돼요, 던프리 선생님.

쳇, 월요일 밤도 그냥 넘어가지 않을 모양이다. 또 한판. 오늘 밤 아빠는 스파게티 맛이 왜 이 모양이냐며 엄마한테

화를 냈다. 어젯밤에도 아빠는 텔레비전을 켜라고 했는데
엄마가 바로 켜지 않았다고 화를 냈다. 그저께 밤에는 무엇
때문에 싸웠는지 기억조차 나지 않는다. 밤마다 매트랑 내
가 매트 방에 숨었던 것만 기억할 뿐. 처음에는 매트에게 책
을 읽어 주기도 하고, 같이 게임도 하면서 거실에서 들려오
는 소리를 매트가 못 듣게 하려고 안간힘을 썼다. 하지만 매
트는 세우스 박사 책을 빤히 들여다보기만 할 뿐, 사탕나라
를 읽을 차례라는 걸 까먹고 있었다. 까먹기는 나도 마찬가
지였다.

오늘 밤 매트가 물었다.

"엄마랑 아빠는 도대체 얼마나 더 싸워야 안 싸울까?"

매트는 2주일치 약을 먹으면 된다고 말하듯이 싸움도 언
제 끝날지 일러 줄 수 있다고 여기는 모양이다. 아무리 쓴
약도 "딱 열 번만 먹으면 돼, 딱 아홉 번만, 딱……." 하는
생각으로 삼키듯이 말이다.

나는 매트에게 어떻게 하면 엄마와 아빠가 싸움을 그칠
지 잘 모르겠다고 했다. 하지만 진심이 아니다. 싸우는 소리
를 들으면 들을수록, 점점 더 울화가 치민다. 설령 내가 평
생토록 두 사람에게 고함을 지른다 해도, 이 분노는 사라지
지 않을 듯싶다. 급기야 무시무시한 생각을 하기에 이르렀

다. 옆집에 사는 토니 브릴은 총이란 총은 죄다 수집한다. 총 한 자루 정도는 빌릴 수 있겠지. 누구를 쏘겠다는 건 아니다. 그냥 엄마와 아빠에게 겁을 줘서 입 좀 다물게 하고 싶을 뿐이다. 밤에 침대에 누워 두 인질에게 총부리를 들이대는 장면을 그려 본다. 몸을 꽁꽁 묶고 고함치지 못하게 입에 재갈을 물릴 것이다. 아니, 이게 더 낫겠다. 둘이 서로 대화를 주고받게 하되, 무조건 공손하게 예의를 갖추도록 하는 거다.

나는 명령할 것이다.

"상냥하게 말해."

외할머니는 매트랑 나한테 상냥하게 말하라고 말씀하시곤 하셨다.

내 자신이 두렵다. 총이 있다면, 정말로 그 총을 사용했을지도 모른다.

나도 아빠나 엄마랑 별다를 게 없는 인간인 것 같다.

11월 12일

읽지 마세요, 던프리 선생님.

어젯밤에 외할머니가 왜 나한테 뜨개질을 가르쳐 주셨는

지 생각났다.

할머니는 항상 무언가를 뜨고 계셨다. 매트와 내가 갓난 아기였을 때, 할머니가 떠 주신 담요가 있다. 내 것은 하얀 활이 그려진 분홍 담요였고, 매트 것은 과일 무늬가 그려진 초록 담요였다. 해마다 크리스마스와 생일이 되면, 할머니는 우리에게 선물로 장갑이며, 목도리며, 스웨터를 떠 주셨다. 나는 그 선물들을 자랑스럽게 여겼는데, 3학년 때쯤 헤더 리처즈라는 여자애가, 집에서 만든 것만 갖고 다닌다며 놀려 대는 바람에 기분이 상했다. 그래서 할머니에게 상점에서 산 물건을 갖고 싶다고 넌지시 말씀드렸다. 사는 게 훨씬 편하잖아요. 할머니는 왜 줄곧 뜨개질을 하고 계셨을까? 할머니는 이렇게 말씀하셨다.

"누군가를 때리는 것보다는 낫잖니."

엄마랑 아빠가 사사건건 싸우는 폼은 그때나 지금이나 똑같다. 다만 그때는 할머니가 늘 옆에 계시면서 엄마랑 아빠가 싸우는 소리를 듣지 못하게 이야기도 들려주시고, 노래도 불러주셨던 터라 그리 끔찍하지 않았다. (할머니는 세우스 박사 이야기를 잊어버리시는 법이 없었다.)

그러던 어느 날, 아마도 엄마가 장보러 나간 듯한데, 아빠가 집에 와서 나한테 고함을 치기 시작했다. 나도 맞받아 소리를 질렀다. 아빠 때문에 시끄러워 죽겠다고 했다. 아빠더러 형편없는 사람이라고도 했다. 그러자 아빠가 어찌나 세게 후려치던지 나는 그만 부엌 바닥에 나뒹굴고 말았다. 식탁에 부딪치면서 생긴 작은 흉터가 아직도 이마에 남아 있다.

할머니가 득달같이 달려와, 나를 데려가서 피 묻은 얼굴을 닦아 주셨다. 그러고서 그날 밤 할머니는 내게 코바늘과 오렌지색 실타래를 주시면서 말씀하셨다.

"자, 사슬뜨기 하는 법을 가르쳐 주마……."

할머니가 하신 말씀이 더 있다.

"다른 건 마음대로 못해도, 털실만큼은 네 마음대로 할 수 있단다."

그러고서 한동안 할머니와 나는 밤마다 할머니 방에서 뜨개질을 했다. 매트는 우리 사이에 놓인 실타래 속에 숨는 데 재미를 붙였다. 그게 노래를 듣거나 책을 읽는 것보다 더 신난다면서. 실타래 속에서 매트는 아무 소리도 들리지 않는다고 했다.

이제와 생각해 보니 너무 터무니없는 소리처럼 들린다. 정말로 할머니는 뜨개질을 하면 골치 아픈 문제가 해결될 거라고 여기신 걸까?

그렇게 해서 해결된 문제가 과연 얼마나 될까?

티시,

잘 썼다. 조만간 네 일기를 읽을 수 있는 기회를 주면 좋겠구나. 모든 일기에 "읽지 마세요."라고 토를 달아도 된다고 말하긴 했지만, 꼭 이렇게 해야겠니?

11월 18일

절대로 읽지 마세요, 던프리 선생님.

그러니까 제 일기를 읽고 싶다 이 말씀이잖아요, 던프리 선생님? 훌륭해요, 정말 멋진 생각이네요. 제 일기를 읽고 나면 선생님은 보나 마나 굉장히 만족하실걸요. 세상에, 티시가 부모님이 싸우는 모습을 얼마나 실감나게 썼는지 몰라, 하고 말씀하시겠죠. 이렇게 물어보실지도 모르겠네요.

"티시, 아빠가 엄마한테 화분을 집어 던지는 동안 네가 방에서 동생이랑 겁에 질려 있던 장면 말야. 묘사가 끝내 주던데, 〈로드스타〉에 그대로 실으면 안 될까? 어쩜 이렇게 생동감 넘치게 잘 썼니!"

만약 제 일기를 읽으시면 선생님은 제가 왜 지금 줄리어스 시저를 몰라 쩔쩔매는지 이해하실 수 있겠네요.

"좋아, 티시, 2막은 읽지 않아도 돼. 내가 제대로 이해한 거지?"

이렇게 말씀하시면서 그냥 눈감아 주실라나. 그런데 선생님 왜 자꾸 저를 시키시는 거죠? 시저랑 브루투스랑 누구 다른 사람이랑 좀 헷갈렸다고 해서 그렇게 실망스러운 눈빛으로 바라보실 것까지는 없잖아요?

던프리 선생님, 선생님이 정말로 싫어서 그러는 게 아니에요. 그냥 선생님한테 문제가 있다면, 너무 순진하시다는 거죠. 심지어 매트보다 더요. 교실에서 우리를 쓰윽 한 번 둘러보시고는, 우리가 다 공부할 자세가 되어 있고, 문학이든 문법이든 열심히 배우려는 열정으로 가득 찬 줄 아시잖아요. 하긴 당장 우리 앞에 닥친 문제들로 골치 아프지 않다면, 그렇게 할 수 있을 거예요. 저만 이렇게 힘든 건 아니에요. 허구한 날 싸우는 부모가 어디 우리 엄마 아빠뿐이겠어요. 직장에서 쫓겨난 부모 때문에 걱정이 돼서 줄리어스 시저고 뭐고 생각할 겨를이 없는 아이들도 있고, 덜컥 임신이 되는 바람에 겁에 질린 아이들도 있고, 마약에 중독된 아이들도 있는걸요.

하, 우리들은 모두 선생님이 생각하시듯 괜찮게 살아가는, 괜찮은 제자들일 뿐이에요. 선생님께 보여 드리는 일기에 솔직한 심정을 쓰는 애가 있다고 믿으신다면, 선생님은 세상에 둘도 없는 바보예요. 진짜로 일기를 쓰는 아이는 아마도 저 하나뿐일걸요. 제가 왜 그러는지는 저도 잘 모르겠어요. 외할머니가 뜨개질에 대해 하셨던 말씀이랑 같은 이치가 아닐까 싶어요. 일기를 쓰는 게 누구를 때리는 것보다 낫거든요.

조금이라도 누군가 이 일기를 읽는다는 생각이 드는 순간 바로 이 일기장을 없애 버릴 거예요.

하지만 좋아요, 선생님이 정 제 일기를 읽고 싶어 하시니 하나 정도는 보여 드릴게요, 던프리 선생님. 세상에서 가장 엉터리가 될 일기를.

11월 19일

좋아요, 읽으셔도 돼요, 던프리 선생님.

오늘은 추수감사절에 관해 쓸 거다. 추수감사절이 딱 일주일 남았다. 이틀 동안 학교를 안 가도 돼서 얼마나 신나는지 모르겠다. 야호! (언짢아하지 마세요, 던프리 선생님. 다들 틀림없이 선생님을 그리워할 거예요.) 추수감사절에는 모두들 돼지처럼 마구 먹어 댄다. 우리 식구들은 아침 일찍 일어나서 텔레비전으로 퍼레이드를 구경한다. 나는 뉴욕에서 하는 메이시 퍼레이드를 좋아하는데, 엄마는 늘 하와이에서 하는 퍼레이드를 좋아한다. 엄마는 하와이에 가고 싶어 한다.

퍼레이드를 보는 동안, 온 집안에는 칠면조 구이, 호박 파이, 고구마 요리 등 온갖 맛있는 냄새가 진동한다. 생각만 해도 벌써 군침이 돈다. 이윽고 요리가 완성되면, 우리 모두 식탁에 둘러앉아 올 한 해도 잘 지내게 해 주셔서 감사하다는 기도를 드린다. 그러고서 우리는 게걸스럽게 먹기 시작해서 배가 터질 지경이 되도록 일어날 줄 모른다.

11월 23일

이 일기는 읽지 마세요, 던프리 선생님.

바로 앞에 순 엉터리로 쓴 일기를 로첼에게 보여 주었더니 로첼은 너무 낭만적이라고 했다. (웩!) 로첼은 우리 식구들이 정말로 식탁에 둘러앉아 감사 기도를 하냐고 물었다. 멋져 보인다나. 그래서 전부 지어낸 이야기라고 했다. 아무래도 추수감사절이나 크리스마스에 하는 텔레비전 방송을 보고 감사 기도를 한다는 걸 알게 된 듯싶다. 아마 〈월튼네 사람들〉이었을 거다.

돌이켜 보니 외할머니가 이따금씩 그렇게 하라고 하셨던 것 같기도 하다.

오늘 밤 버거보이에 일하러 갈 때 매트를 데리고 갔다. 나는 매트에게 일이 끝날 때까지 가만히 앉아서 색칠 놀이를 하거나 성냥갑 자동차를 가지고 놀라고 했다. 매트는 정말이지 착하고 얌전했는데, 부모들이랑 같이 오는 또래 아이들과는 딴판으로 아무도 귀찮게 하지 않았다. 매트가 공짜 손님인 것처럼 보이지 않게 하려고 콜라와 햄버거를 사 주었다. 그런데도 버드는 계속 불만이었다. 버드는 내가 버거보이에 일하러 오는 거지, 애 보러 오는 게 아니라는 둥 동생을 돌보는 게 그렇게 중요하면 일을 그만두는 게 도리라는 둥 잔소리를 늘어놓았다.

버드는 아직도 내가 데이트 신청을 거절한 것에 화가 나 있는 모양이다. 샌디 말이 맞을지도 모른다. 버드랑 데이트를 해 줬더라면, 나한테 좀 더 다정하게 굴었을 것이다. 그랬으면 저녁마다 매트를 데리고 와도 괜찮았을 텐데.

그런데 오늘 밤에는 매트를 그냥 집에 두고 와도 될걸 공연히 수선을 피운 꼴이 되었다. 집에 와 보니 엄마가 여느 때처럼 거실 흔들의자에 앉아 텔레비전을 보고 있었다. 엄마는 아빠가 볼링 치러 갔다고 했다. 집에 저녁 먹으러 오지

도 않았다고 했다. (그것도 매트가 물어서 알았다. 나는 그런 일
에 눈곱만큼도 관심이 없다.)

11월 26일

이 일기는 읽지 마세요, 던프리 선생님.

추수감사절이다. 아, 그러고 보니 우리 보너 집안에도 성
대한 휴일이 찾아왔다. 아빠는 역시나 어젯밤에도 안 들어
왔고, 엄마가 눈을 붙이기라도 했는지 모르겠다. 어젯밤 자
러 갈 때 보니 엄마는 얼빠진 사람처럼 거실 흔들의자에 앉
아 있었는데, 오늘 아침에도 그 자리에 그대로 있었다. 아침
11시 30분쯤에 엄마한테 추수감사절 음식을 할 거냐고 물었
더니, 무슨 말인지 모르겠다는 표정으로 멍하니 쳐다본다.
그래서 내가 해거티스에 가서 장을 봐 왔다. 마침 정오에 문
을 닫으려고 했다니 운이 좋았다. 고작해야 칠면조 요리, 즉
석 감자 요리, 크랜베리 소스 깡통에 가게에서 파는 파이뿐
이었지만, 버거보이에서 받은 돈을 한 푼도 남김없이 탈탈
털어야 했다. 매트랑 둘이서 먹으려고 음식을 장만했는데
식탁에 차려 놓았더니 엄마가 와서 같이 먹었다.

한 시간쯤 지났을까, 매트와 내가 설거지를 끝내고 말끔

하게 정리를 하고 났는데, 밖에서 트럭 소리가 들렸다. 그때까지 엄마는 부엌에 오는 것이나 겨우 할 수 있는 듯 움직이고 있었다. 심지어 자기가 먹은 접시조차 개수대에 넣지 않을 정도로. 그런데 현관에 차를 세우는 소리가 들리자마자, 엄마는 벽에 걸린 그림들을 가지런하게 정리하랴, 할머니가 쓰던 낡은 쿠션을 소파 아래에 밀어 넣으랴, 수북하게 쌓인 텔레비전 잡지를 의자 밑에 숨기랴 한바탕 수선을 피웠다.

엄마는 매트랑 나에게 거듭거듭 당부를 했다.

"아빠 성미를 건드리지 마라. 아빠는 우리가 얼마나 아빠를 사랑하는지 알고 싶어 해. 그러고 나면 모든 게 다 잘될 거야……."

"물론이지, 엄마. 그런데 내가 아빠를 사랑하지 않는다면 어쩔래?"

이렇게 막 쏘아붙이려던 참이었다. 바로 그때 아빠가 들어왔고 엄마는 아빠를 환한 미소로 반겼다. 아빠는 큼지막한 칠면조 구이와 으깬 감자 한 통과 이런저런 음식들을 가져왔는데, 이를테면 완두콩, 고구마, 크랜베리 소스, 파이 따위였다. 식당에서 가져온 것 같았다. 내가 사 온 음식하고는 비교도 안 되게 고급스러운 것들이었다. 아빠는 산타클로스라도 되는 양 자못 유쾌하고 다정하게 굴었다. 매트가

벌써 먹었다는 말을 막 하려는 찰나에 엄마가 잽싸게 손으
로 매트의 입을 틀어막으며 이렇게 말했다.

"어머, 이게 웬 것들이에요! 레이, 당신은 세상에서 가장
멋진 남편이고 가장 훌륭한 아빠예요!"

아무렴, 어련하시겠어.

우리는 모두 자리에 앉아 진짜 배고프다는 듯 먹는 시늉
을 했다. 매트가 줄곧 어리둥절한 표정으로 나를 쳐다봐서
나는 식탁 밑으로 발을 툭 친 다음 고개를 가로저었다. 급기
야 매트는 배탈이 나서 부엌 바닥에 모조리 토하고 말았다.
내 속도 편치 않기는 마찬가지였다.

티시,

좋아. 훌륭해.

12월 3일

읽지 마세요, 던프리 선생님.

세상에, 일기 한 번 쓸 때마다 얼마나 공이 드는데, 고작 "좋아, 훌륭해."라니? 선생님이란 사람들은 정말이지 알다가도 모르겠다.

아빠는 여전히 다정하게 군다. 추수감사절 저녁 식사는 시작에 불과했다. 아빠는 일주일 내내 엄마한테 고함 한 번 지르지 않았고, 물건을 집어 던지지도 않았다. 토요일에는 크리스마스 점등 행사를 보러 가자며 난생처음 엄마와 매트와 나를 시내에 데려갔다. 그러고서 외식도 시켜 주었는데, 패스트푸드가 아니라 진짜로 우아하게 앉아서 먹는 식당에 데려갔다.

그래도 나는 아빠를 믿지 않는다. 아빠도 그걸 알고 있다. 얼마나 오래갈지 기색을 살피느라 날카롭게 쏘아보다가 더러 아빠와 눈길이 마주친 적이 있는데, 그때마다 아빠는 이렇게 말했다.

"뭐야? 뭐? 누가 너한테 그렇게 노려보는 버릇 좀 고치라고 가르치지 않던?"

나 때문에 아빠가 편치 않은가 보다. 잘됐지, 뭐. 아빠 때문에 편치 않기는 나도 마찬가지인걸.

12월 5일

읽지 마세요, 던프리 선생님.

정말로 늦은 시간, 새벽 두 시나 되었는데 잠을 이룰 수가 없어요. 오늘 밤 샌디랑 에릭 시버네 파티에 갔어요. 에릭의 부모님이 멀리 주말여행을 가셔서(바보같이!), 선생님도 짐작하실 테지만 난리도 아니었어요. 재미있기는 했는데—당연히 재미있어야 했는데—왠지 밤새 기분이 울적했어요. 막상 애들이랑 한데 어울려 실없는 이야기를 지껄이고 웃으면서도, 제 마음 한구석에서는 거리를 두고 바라보며 '이게 도대체 뭐하는 짓이지?' 하는 생각이 드는 거 있죠. 에릭의 형 랜디 시버는 대학생인데, 추수감사절부터 새

해까지 수업이 없어서 집에 와 있었어요. 그런데 줄곧 샌디에게 집적거리는 거예요. 샌디는 토니라는 남자친구가 있는데도, 토니가 없으니까(집안에 일이 있어 오지 못했거든요.) 랜디랑 어울려 마냥 시시덕거렸죠. 샌디는 연신 지껄여 댔어요.

"우리 이름 끝 자가 서로 운율이 맞는 게 재미있지 않아? 랜디와 샌디, 음!"

밤 12시가 되자 랜디가 샌디한테 떡하니 키스를 하더니만 연말파티인줄 착각했다고 둘러댔고, 누군가 초등학교 때 불렀던 노래를 진짜로 부르기 시작했어요.

"랜디랑 샌디는 으슥한 데서 뽀뽀한대요, 뽀뽀한대요……."

그러고서 곧바로, 제가 샌디에게 집에 가고 싶다고 했더니 샌디가 화를 버럭 내면서 랜디가 제가 아닌 자기를 좋아해서 질투를 하는 거라고 하는 거예요. 저는 정신 나간 소리 좀 작작 하라고 쏘아붙였어요. 랜디는 눈을 씻고 봐도 멋진 구석이라고는 없거든요. 삐죽삐죽 솟은 괴상망측한 머리에, 말하는 품이 자기 말고는 죄다 머저리라고 여기는 눈치였어요. 아무튼 샌디가 랜디랑 같이 있겠다는 바람에 메리 로저스에게 집에 데려다 달라고 하는 수밖에 없었어요. 샌디가 한 짓을 토니가 들었다간 월요일에 샌디를 죽이려고 달려들 거예요.

그런데 이거 아세요? 제가 샌디를 질투한 게 아닌가 싶기도 해요. 그렇다고 제가 랜디 시버를 좋아한다는 말은 아니에요. (내 참, 랜디가 알레르기 때문에 줄곧 코까지 훌쩍거렸는걸요. 5분만 같이 있어도 "코 좀 풀어!" 하고 냅다 소리치지 않고 못 배길 거예요.) 그리고 랜디가 정말로 샌디를 뜨겁게 사랑하는 것 같아 보이지도 않았어요. 그런데 말이죠, 제게 관심을 기울여 주고, 뭐든 고민거리를 얘기할 수 있고, 저한테 정말로 특별한 사람이라고 속삭여 주는 이가 있다는 건 정말이지 근사할 것 같아요. 로첼은 늘 한심스러운 연애소설이나 붙들고 있는데, 가끔 저한테 빌려 주기도 해요. 저는 짐짓 시시껄렁한 소설 운운하면서 심드렁한 척하지만, 그런 이야기에 등장하는 남자들이 연인을 사랑하는 모습을 보면 나도 모르게 콧마루가 시큰해져요. 그 남자들은 연인을 위해서라면 물불을 가리지 않아요. 로첼이 지난해에 빌려 준 책에 보면, 여자 주인공이 눈사태에 갇혀 오도 가도 못하자 남자 주인공이 사나운 눈보라를 헤치고 80킬로미터를 달려가는 장면이 있어요. 마침내 여자를 찾아낸 다음 둘은 눈보라 속에서 사랑을 나누고……. 탈이라면, 그게 말짱 허튼 짓이라는 걸 제가 너무나 잘 알고 있다는 거예요. 실제 삶에서 낭만적인 사랑이 좋은 결실을 맺는 경우가 얼마나 되겠어요? 아시다시피 엄마는 누구 못지않게 아빠한테 헌신적이지만, 그 사랑이 엄마한테 뭘 주었죠? 멍투성이, 제가 보기엔 그게 전부인걸요.

12월 8일

읽지 마세요, 던프리 선생님.

수업이 끝나면 저녁에 크리스마스 선물을 사러 가려고 한다. 샌디와 로첼과 체스티티에게는 향수나 목걸이를, 엄마에게는 옷을, 그리고 매트에게는 게임기가 이미 있으니까 게임팩을 사 줄 생각이다.

아빠한테는 국물도 없다.

어젯밤에도, 그저께 밤에도 아빠는 집에 들어오지 않았다. 하지만 차마 엄마에게 아빠가 어디 있는지 물어볼 용기가 나지 않았다. 엄마는 해거티스에서 밤낮으로 일해야 하는데, 다른 직원 몇 명이 앓아누운 모양이다. 그래서 어제는 온종일 매트랑 나, 둘이서만 사는 집 같았다. 공교롭게도 버거보이 일마저 쉬는 날이었다. 어젯밤에 우리는 식탁에 앉아 같이 숙제를 했다. 다른 사람도 아니고, 나를 아는 사람이라면 누구라도 비웃었을 거다. 세상에, 티시 보너가 숙제를 다 하다니! 매트는 더하기 숙제를 하고, 나는 기하학 숙제를 했는데 제법 기분이 좋았다. 매트가 먼저 숙제를 끝내고서(여덟 살짜리에게는 숙제를 많이 내주지 않으니까.) 나를 기다리는 동안 그림을 그렸다. 매트가 학습부진아 반인데, 더러 매트가 정말 모자란 건가 싶어서 걱정이 될 때도 있지만, 매트는 내가 아는 사람 중에 제일 그림을 잘 그린다. (매트에게 게임팩 대신 그림 도구 세트를 사 주는 것도 괜찮겠다. 다시 한번 생각해 봐야겠다.) 내가 코코아 두 잔을 탔는데, 둘이서 마시멜로를 엄청 들이부어도 고함치는 사람이 없다.

그러다 보니 내가 지금의 매트 또래였고 매트가 귀여운 갓난아기였을 무렵, 엄마와 아빠가 집을 나가서 매트와 나랑 외할머니만 사는 상상을 하곤 했던 기억이 떠올랐다. 내가 모든 일을 잘했더라면, 그러니까 학교에서 집으로 돌아오는 길에 갈라진 틈에 걸려 넘어지지도 않고, 식사 준비를 할 때 포크를 제자리에 갖다 놓는 것도 잊지 않고, 아빠가 나를 후려쳐도 대들지 않았다면, 만약 내가 이 모든 일을 잘해냈다면, 어쩌면 어느 날 아침 일어났을 때 엄마랑 아빠는 온데간데없고 우리는 할머니의 아이들이 되어 있지 않았을까 하는, 그런 상상을 하곤 했었다.

한 가지, 할머니는 마시멜로를 너무 많이 먹는다고 야단치실 게 뻔하다는 것만 빼고.

12월 10일

읽지 마세요, 던프리 선생님.

아빠는 일주일 내내 보이지 않는다. 엄마는 며칠을 침대에서 보냈다. 엄마는 아프단다. 남들 다 걸리는 독감에 걸렸다고 한다. 잘 모르겠다. 엄마가 방에서 흐느끼는 소리를 들었다. 그 소리에 매트가 겁을 먹었다.

토니는 샌디가 토요일 밤 파티에서 랜디 시버랑 놀아난 얘기를 듣고 샌디랑 헤어졌다. 그러고서 샌디가 랜디 시버에게 전화를 걸었는데, 그 녀석이 글쎄 "누구?" 하며 시치미를 뚝 떼더란다. 마치 샌디라는 이름은 처음 들어 본다는 듯이. (물론 샌디는 그 일을 인정하지 않았다. 샌디가 랜디에게 전화를 걸 때, 바로 옆에 있던 로첼이 나한테 귀띔해 준 것이다.) 샌디는 기분을 풀려고 쇼핑몰에 가서 목걸이랑 35달러짜리 귀걸이 한 쌍을 슬쩍했다. 그것도 눈에 확 띄게 말이다. 그런데도 들키지 않았다니 놀라울 뿐이다.

실제 삶에서 낭만적인 사랑은 결코 존재하지 않는다는 걸 나는 알고 있다.

외할머니는 외할아버지와 연애하던 이야기를 들려주시곤 했다. 할아버지가 해군이라 여섯 달에서 여덟 달씩 떨어져 지내야 했던 적이 있었다. 하지만 할아비지는 배를 타고 있는 동안에도 날마다 할머니에게 편지를 썼다. 할아버지는 해군에서 진짜 높은 자리—해군에도 대장이 있던가?—에도 오를 수 있었는데, 차마 할머니랑 떨어져 지낼 수가 없어 그 일을 그만두기로 결심했다. 집에 돌아와서도, 할아버지는 집 살 돈을 모으려고 한동안 두 가지 일을 했다. 그렇게 해서 산 집이 바로 지금 우리가 살고 있는 집이다.

나는 할머니한테 이런 이야기를 듣는 걸 늘 좋아했는데, 이렇게 생각하기 싫지만, 지금은 할머니가 듣기 좋은 얘기만 골라서 해 주신 게 아닐까하는 생각이 들 때가 더러 있다. 할아버지는 내가 겨우 한두 살 먹었을 때 돌아가셔서 나는 할아버지가 어떤 분인지 잘 모른다. 만약에라도 아빠가 엄마한테 하듯 할아버지가 걸핏하면 할머니를 못살게 구셨다면?

할아버지 얘기를 들려주시던 할머니의 모습으로 보아, 알 수 있을 것 같기도 하다. 할머니는 엄마처럼 그런 일을 당하고만 계실 분이 아니다.

   티시,

  좋아. 이렇게 많이 쓰다니 정말 흐뭇하구나. 일기를 통해 네 마음의
짐을 덜 수 있었으면 좋겠다. 네 나이쯤 되면 사는 게 무척 버겁게 느껴질
때가 더러 있다는 걸 나도 알아. 무언가를 고스란히 글로 담아내는 일이
무척 도움이 될 거야.

12월 16일

절대로 읽지 마세요, 던프리 선생님.

바로 전 일기에 선생님이 써 놓은 쪽지는 냄새가 좀 난단
말이야. 네 생각엔 던프리 선생님이 혹시 일기를 읽어 보는
것 같지 않니, 응? (세상에, 내가 누구한테 묻고 있는 거지? 내가
일기장을 진짜 사람이라고 착각이라도 하는 줄 알겠구나.) 로첼과
체스티티에게 일기를 잘 쓰고 있냐고 물었다. 샌디는 여태
하나도 쓰지 않았으니까 물어보나 마나이다. 성적에 거의
들어가지 않으니까 별 문제가 안 된다나. 아무튼 샌디는 낙
제를 하건 말건 개의치 않는다. 샌디는 원래 그런 애니까.
로첼이랑 체스티티는 둘 다 머릿속에 떠오르는 생각들을 닥
치는 대로 끼적이는데, 굳이 첫머리에 "읽지 마세요." 하고
토를 달지 않는단다. 체스티티는 처음부터 끝까지 "나는 마

이크 헌터를 사랑한다. 나는 마이크 헌터를 사랑한다."고 한 오십 번쯤 써 놓았는데, 던프리 선생님은 상관하지 않으셨 단다.

만약 내가 체스티티였다면, 창피해서 얼굴도 들지 못했 을 거다.

"읽지 마세요."라고 토를 달긴 했어도, 너무 마음을 놓아 서는 안 될 것 같다. 일기장을 들고 다니다가 잘못해서 다른 사람 손에 들어가기라도 하면 큰일이니. 아무튼 좀 더 신경 을 써야겠다. 일전에 사브라 카슨이 화장실에서 내 책이랑 공책을 들고 간 적이 있다. 잘 모르고 저지른 실수였는데, 둘 다 똑같이 기하학 책이랑 영어 책, 파란색 공책을 갖고 있었던 것이다. 기껏 5초도 안 돼서 사브라가 내 책들을 돌 려줬으니 괜찮았다. 하지만 사브라가 내 공책을 펴서 아빠 가 집을 나간 거며, 엄마를 때린 내용을 쓴 일기를 읽기라도 했으면 어떡하지? 사람들이 그 사실을 알기라도 하는 날에 는 나는 팍 죽어 버릴 거다.

묵은 일기들을 한데 단단히 묶어둘 참이다. 그러고서 체 스티티랑 로첼처럼 시시껄렁한 이야기나 끄적거려야겠다. 그런다고 딱히 문제가 될 것 같지는 않다.

12월 18일

읽지 마세요, 던프리 선생님.

다들 크리스마스 휴가를 애타게 기다리고 있다. 멍청한 교육위원회는 어째서 크리스마스이브 전날까지도 우리를 붙잡아 두는지 모르겠다. 오늘 밤 크리스마스 파티가 있다. 멋진 시간이 될 것이다. 그래도 샌디랑 가지는 않을 거다. 아마도 체스티티와 마이크랑 함께 가게 될 듯한데, 거추장스러운 혹이 될 것 같아 찜찜하다.

나도 차가 있었으면 좋겠다. 다음 주 수요일이면 나는 열여섯 살이 된다. (야호!) 그러면 운전 교육을 받을 수 있다. 하지만 차를 살 형편이 되는 애가 어디 흔한가? (샌디를 제외하고는 말이다.) 샌디는 내가 버드 터너랑 데이트만 해 주었어도, 그 사람이 자기 차를 빌려 주었을 거라고 했다. 맞다, 버드는 얼간이니까. 하지만 그 얼간이는 끝내주는 차를 몰고 다닌다. 카마로. 1967년 산. 선홍색. 그 차에 앉아 있는 버드라니, 완전히 돼지 목에 진주 목걸이가 따로 없다.

12월 21일

읽지 마세요, 던프리 선생님.

88

오늘 수업 시간에 던프리 선생님이 크리스마스 휴가가 끝날 때까지 일기를 제출하지 않아도 된다고 했다. 선생님들도 휴가철이 되면 게을러지는 모양인가 보네, 응? (혹시라도 선생님이 이 일기를 읽으셨다면, 그냥 농담 한번 해 본 거예요.) 그러니까 크리스마스 휴가 동안에는 일기를 쓰지 않아도 되고, 휴가 끝나고 하나만 쓰면 되는 거잖아……

나는 워낙 꾸물대는 성격이니까, 이렇게 미리 써 두는 게 좋겠지. 휴가가 끝나고 그 다음 주에 기말고사를 치르는데, 수업을 주의 깊게 들은 지가 워낙 까마득해서 과연 낙제를 면할 과목이 있을라나 모르겠다. 하지만 내 잘못은 아니다. 개인적으로 골치 아픈 일이 있어서 그런 거니까. 내가 어떻게 손을 쓸 수 없는 문제들이니까.

12월 28일

절대로 읽으시면 안 돼요, 던프리 선생님.

다시는 이 일기장에 시시콜콜 쓰지 않겠다고 다짐한 것도 알고 있고, 휴가 동안 숙제 따위를 한다는 게 얼마나 바보 같은 짓인지도 안다. 하지만 너무나 일이 꼬여서 뭐라도 하지 않으면 폭발할 것 같다. 그리고 글로 쓰다 보면, 기분이 한결 나아질 때가 더러 있다······.

아빠가 집을 나갔다. 이번에는 영영 떠난 것 같다. 이게 다 내 탓이란다. 엄마는 전부 나 때문이라고 생각한다.

크리스마스이브에, 아빠는 진짜 크리스마스트리와 선물을 한 아름 안고 덩실덩실 춤을 추며 두 주 만에 집에 들어왔다. 아빠는 심지어 산타클로스처럼 차려입기까지 했다.

아빠가 들어오면서 말했다.

"호, 호, 호, 올 한 해도 이 집안 사람들 모두 잘 지냈겠지?"

그러고서 예쁘게 포장한 선물들을 나누어 주기 시작했다. 분명히 상점 점원이 포장했다는 걸 알 수 있었다.

매트가 행복해 보이기만 했어도, 내가 그렇게 함부로 입을 놀리지는 않았을 거다. 하지만 매트는 전혀 행복해 보이지 않았다. 그러기는커녕 좀처럼 갈피를 잡지 못하는 것 같았다. 그런 매트를 보니 길 아래쪽에 사는 록홀드 씨네가 기르던 강아지가 떠올랐다. 조이 록홀드는 그 강아지를 데리고 산책하는 걸 끔찍하게 싫어해서, 개 목줄을 이리저리 마구 잡아끌며 다니곤 했다. 강아지는 조이가 잡아채는 쪽으로 따라가려고 딴에는 발버둥을 쳤지만, 그건 애당초 불가능했다. 강아지가 한쪽으로 방향을 틀기가 무섭게 조이는 녀석을 반대쪽으로 휙 잡아당겼던 것이다. 급기야 강아지가 너무 사나워지는 바람에 록홀드 씨네는 녀석을 안락사시켜야 했다. 나는 줄곧 그게 조이 탓이라고 생각했다.

아무튼 매트는 갈피를 잡지 못하는 그 강아지처럼 보였다. 아빠에게 득달같이 달려가 산타클로스가 준 선물을 갖고 놀아야 하는 건지, 보나 마나 아빠가 잠시잠깐 머물다 횡하니 가 버릴 테니 그냥 내 옆에서 멀뚱멀뚱 서 있어야 하는 건지 막막해하는 기색이었다. 마치 아빠가 우리 모두에게 목줄을 달아 사방으로 휙휙 잡아채는 꼴이었다. 엄마는 아빠에게 달려가 선물이 너무 좋다는 둥 뭐 이런 걸 다 사 왔느냐는 둥 하면서 호들갑을 떨었지만 그런 엄마조차도 당혹스럽고 두려운 눈치였다. 나는 우리를 옭아매는 목줄에서 벗어나기로, 더는 내 감정을 숨기지 않기로 마음먹었다.

나는 아빠에게 다가가 정말로 아빠 가슴을 슬쩍 밀치며, 매섭게 쏘아붙였다. 나는 제정신이 아니었고, 어리석었다.

"우리에게 아빠는 필요 없어요. 아빠 없이도 근사한 크리스마스이브를 보내고 있다구요."

(그건 사실이 아니다. 매트에게 크리스마스 과자를 만들어 주려고 했는데, 밀가루인지, 뭔지를 충분히 넣지 않아서 과자가 설익지를 않나, 시커멓게 타질 않나 온통 난리였다. 게다가 어릴 적부터

죽 갖고 있던 볼품없는 은빛 트리 아래 있으니 내가 산 선물들이 어지간히 후줄근해 보였다. 엄마는 크리스마스 보너스를 잃어버리는 바람에 아무것도 사지 않았고, 매트에게는 집에서 만든 선물로 대충 때웠다.) 나는 "누가 아빠보고 와 달랬어요?" 하면서 대들었다.

아빠는 잠시 어리둥절한 표정이었다. 아빠는 누가 대드는 데 익숙하지 않았다. 아니면 내가 산타 수염에 가려진 아빠의 표정을 읽을 수 없었던 건지도 모른다.

그때 아빠가 말했다.

"네가 몰라서 하는 말인데, 네 엄마가 와 달라고 조르더라. 그리고 암만 생각해도, 자식들이랑 함께 사는 게 부모 된 도리다 싶어 결심을 했다."

"웃기시네요. 한 달에 한 번 지킬까 말까 한 결심 같은 거 하면 뭐 해요."

그러자 아빠가 나를 후려쳤고, 나는 트리 쪽으로 벌렁 나자빠졌다. 내가 엄마 옷 선물이 담긴 상자 위로 나가떨어지는 바람에 상자가 뭉개졌다. 매트가 "누나!" 하고 비명을 지르는 동시에 엄마가 "레이!" 하고 소리쳤다. 내 뒤로 트리가 와르르 넘어갔고 꼬마전구가 한꺼번에 꺼졌다.

내 뇌리에는 오로지 매트에게 이런 꼴을 보여서는 안 된다는 생각뿐이었다. 산타클로스 할아버지가 이런 난폭한 짓을 저지른다고 여기게 해서는 안 될 노릇이었다.

엄마는 아빠에게 손이 발이 되도록 빌기 시작했다. 내 말 따위는 무시하라고 하는 모양이었다. 아빠가 소리를 지르기 시작하더니, 급기야 둘이 밖으로 나가 이웃들에게 다 들리고도 남을 정도로 버럭버럭 소리를 지르며 싸웠다.

아빠가 고함을 쳤다.

"아무도 나를 원하지 않는다는 거 나도 알아."

그러더니 트럭 소리가 들렸고, 엄마의 울음소리가 온 사방으로 퍼졌다. 그건 아빠가 절대로 돌아오지 않을 거라는 뜻이었다.

엄마가 어제 아침을 먹으면서 말했다.

"그래, 아빠를 내쫓고 나니 속시원하지. 아빠는 다시 이 동네를 떠났다."

엄마가 어떻게 그걸 알았는지 모르겠다. 알리바이 술집에서 아빠랑 어울리던 사람들한테 들은 모양이다. 엄마는 더는 아무 말도 하지 않고, 입을 꾹 다문 채 매서운 눈초리로 나를 쏘아보기만 했다.

매트는 얼빠진 표정으로 이따금씩 나를 흘끔거렸다. 여전히 어리둥절한 표정이었다. 나는 애써 매트에게 말을 걸어, 아빠를 쫓아낼 작정을 하고 일부러 그런 게 아니라고, 아빠가 늘 우리랑 함께 살면서 줄곧 다정하게 굴었다면 좋았을 텐데, 일이 뜻대로 되지 않았다고 했다. 무슨 말인지 알아들었느냐고 물으면, 매트는 고개를 끄덕이면서 "으응." 했고, 나한테 화가 났냐고 물으면 "아니." 하고 대답했다. 그래도 매트가 이해하지 못했다는 걸 안다. 매트가 엄마처럼 틈만 나면 운다는 걸 알고 있다.

외할머니가 살아 계셨더라면, 할머니는 이해해 주셨을 텐데. 속이 다 후련하다고 말씀해 주셨을 텐데. 난 그렇게 생각한다. 아니면 할머니도 나한테 화를 내셨을까?

막상 버거보이에 일하러 가려니까 오히려 마음이 홀가분하다. 살다 보니 별일도 다 있다. 거기서는 아무 생각도 하지 않고, 그저 주문을 받고, 말끔히 청소하고, 신호음이 울리면 감자튀김이며 양파링을 튀김 기계에서 꺼내기만 하면 된다. 나는 버드를 제쳐 두고 시그레이브 씨에게 가서 휴가 동안 가능하면 많은 시간을 일하게 해 달라고 요청했다. 용케 일하고 싶어 하는 사람이 없었던 터라 이번 주에는 거의 서른 시간이나 할당을 받았다.

티시,

좋아. 먼저 쓴 세 편의 일기는 좀 짧지만, 마지막 하나는 그것을 보충하고도 남을 정도로 길게 썼구나. 휴가 동안에도 일기 쓸 마음을 먹다니 대단해! 그거야말로 일기 쓰는 사람이 갖추어야 할 바람직한 자세를 보여주는 거야!

1월 12일

읽지 마세요, 던프리 선생님.

그럼요, 지당하신 말씀이에요. 저야말로 일기 쓰는 사람이 갖추어야 할 바람직한 자세로 단단히 중무장을 했죠. 칭찬을 해 주시니 몸 둘 바를 모르겠네요. 제 남은 인생도 순조롭게 풀릴 것만 같은데요. (실제로는 절대 그렇지 않겠지만.)

아직도 집에 있으면 숨이 턱턱 막혀요. 버거보이에서는 버드가 두 시간마다 화장실 청소를 시키질 않나 나를 못 잡아먹어서 안달이랍니다. 그리고 학교에서는, 이번 주에 기말고사를 치르는데, 엉망이랍니다. 도무지 정신을 집중할 수가 없어요. 딴에는 공부를 하려고 해 보았지만, 그럴수록 더 혼란스럽기만 해요. 어젯밤에 생물 책을 펴고 앉았는데, 똑같은 페이지를 자그마치 두 시간 동안이나 물끄러미 내려다보고 있었지 뭐예요. 엄마는 귀청이 떨어져 나갈 정도로 텔레비전을 크게 틀어 놓았어요. 들리는 소리라고는 끊임없이 이어지는 웃음소리뿐이에요. 그 소리에도 도무지 웃을 기분이 아니랍니다.

1월 15일

읽지 마세요, 던프리 선생님.

모든 게 엉망진창이다. 하긴 그게 무슨 상관이람?

매트는 이제 나를 원망하는 눈치이다. 마냥 훌쩍거리면서 연신 묻는다.

"아빠는 언제 오셔?"

어젯밤에 나는 매트에게 한마디 해 주었다.

"야, 여덟 살이나 된 녀석이 왜 그렇게 애처럼 굴어. 좀 의젓해져 봐."

그래도 아무 소용이 없었다. 매트는 여덟 살이나 먹었다. 왜 좀 더 다부지지 못한 걸까?

아, 맞다. 중대한 뉴스가 있다……. 오늘 본 기하학 시험은 낙제한 거 같다. 그리고 로첼이 왕재수 빌리 로저스를 나한테 찍어 붙이려고 하길래 싫다고 했더니 단단히 삐쳤다.

l월 20일

읽지 마세요, 던프리 선생님.

어쩌다가 일주일 내내 비가 오고 을씨년스러운 날이 계속되면 다들 기분이 울적해지고 공연히 조바심을 치는데, 그건 하늘이 줄곧 흐리기 때문인 것 같아. 그러다가 어느 닐 마침내 찬란한 햇살이 비치면, 너무 좋아서 "다시는 우울해하지 않을 거야." 하고 생각하잖아? 오늘 나는 딱 그 기분이었어.

크리스마스 이후로 어찌나 되는 일이 없는지, 날이 흐렸는지 개었는지 관심조차 없었어. 엄마는 여전히 나한테 말 한마디 걸지 않아. 그래서 아직도 마음이 불편해. 그런데 어젯밤, 내가 텔레비전에서 옛날 드라큘라 영화를 보고 있는데 매트가 다가왔어.

매트가 다짜고짜 나를 껴안더니 말했어.

"나는 누나가 참 좋아. 누나는 아빠나 할머니처럼 내 곁을 떠나가지 않을 걸 알아."

나는 아빠와 외할머니를 같은 위치에 놓는 건 공평하지 않다고 말하려고 입술을 달싹였어. 그게, 외할머니는 돌아가신 분이잖아. 하지만 매트의 기분이 누그러진 게 어찌나 기쁘던지 그냥 잠자코 있었어. 매트가 내 어깨에 머리를 기대고, 우리는 마저 영화를 보았어. 너무 오래된 영화라 그런지, 무섭기는커녕 오히려 웃음이 나왔지. 공중에 떠 있는 물건을 지탱하고 있는 끈이 보일 정도였지 뭐야. 그리고 배경으로 우뚝 서 있는 성은 마분지로 만들었는지 한두 차례 넘어갈 뻔했고. 매트랑 나는 연신 배꼽을 쥐고 웃었어. 엄마가 일을 나갔기에 망정이지, 안 그랬다면 엄마도 웃지 않고는 못 배겼을 거야.

그리고 오늘, 로첼은 빌리 로저스가 왕재수라는 내 말이 딱 맞았다면서 나처럼 남자 보는 안목이 있었으면 좋겠다고 했어!

또 무슨 일이 있었냐 하면 말이지? 예상했던 것보다 기말고사를 다 잘 봤어. 심지어 기하학도, F가 아니라 D를 받았거든. 그래서 이번 학기 평점이 C야. (아, C를 받은 게 기뻐 날뛸 일이 아니라는 것쯤은 나도 알아. 그래도 수업을 다시 듣는다거나, 여름방학에 보충수업을 할 생각을 하면 얼마나 끔찍했다구.)

1월 22일

읽지 마세요, 던프리 선생님.

이런! 오늘이 일기 내는 날인걸 완전히 깜빡하고 있었다.

수요일에 햇살이 비치면 사람들 기분이 얼마나 밝아지는 지에 관해 썼는데, 재미있는 일이 벌어졌다. 글쎄, 지금 날씨가 이상 온난화 현상이라는 것이다. 햇볕이 정말로 쨍쨍 내리쬐어 더울 지경이다. 사람들이 외투도 입지 않고 학교에 왔다. 아직 1월인데 말이다! 그리고 라디오에서 들으니 오늘 최고기온이 10도는 될 거라고 했다. 체스티티가 그러는데, 마이크 브라이언트가 역사 시간에 반바지를 입고 있다가 트레몬트 선생님한테, 혼자 6월인 줄 안다고 한바탕 망신을 당하고는 마지못해 체육관에 가서 운동복으로 갈아입고 왔다고 한다.

티시,

잘 쓰기는 했지만 일기가 점점 짧아지는 것 같아. 놀라우리만치 거침 없이 술술 써 내려가던 습관을 되찾도록 해 보렴.

1월 27일

절대로 읽지 마세요, 던프리 선생님.

그러죠, 선생님, "놀라우리만치 거침없이 술술 써 내려 가"도록 다시 한 번 애써 볼게요. 한동안 일기 쓰는 사람의 기본자세를 망각해서 정말 죄송하게 됐네요. 일기 쓰는 일 이 제 인생에서 가장 중요한 일이라는 사실을 줄곧 되새겨 야 하는데 말이에요.

일기 쓰는 게 얼마나 지겨운지 알기나 하세요? 아무튼 일 기 쓰는 게 뭐가 그리 좋은데요? 제가 작가나 뭐, 그런 사람 이 될 것 같지도 않은데 말이에요. 게다가 제가 어떻게 살았 는지 궁금해서 이 일기를 읽으려고 할(아니면 제가 이 일기를 읽도록 허락할) 사람이 있을 성싶지 않아요. 말이야 바른 말 이지, 진심으로 저를 염려해 주는 어른이 있었던들, 제가 요

모양 요 꼴이 되지는 않았을걸요. 제가 매트에게 그토록 세심하게 신경을 쓰는 것도 다 이런 이유에서랍니다. 그렇다고 제가 그 일을 썩 잘 해내고 있다는 말은 아니지만요.

하지만 학교 문제는, 선생님들이 한결같이 내주시는 한심스러운 과제물을 생각하면 코웃음이 나올 지경이에요. 레게 머리 선생님은 스프링 공책에 한 과제물을 찢어 내면서 깜박 잊고 삐죽삐죽한 종이 테두리를 정리하지 않은 채 내면 무조건 5점을 깎으세요. 그리고 트레몬트 선생님은 쪽수가 바뀔 때마다 이름, 날짜, 반, 쪽수를 순서대로 오른쪽 맨 위에 쓰지 않으면 숙제를 아예 받지도 않는걸요. 선생님들은 심심풀이로 이런 규칙들을 만드는 건가요? 우리를 옭아맨 목줄을 마음대로 잡아채려고요?

문제는 제가 선생님께 호감을 갖고 있다는 거예요, 던프리 선생님. 선생님은 고등학교 때 우등생이었겠죠? 그렇지 않았다면 어떻게 선생님이 될 수 있었겠어요? 우리가 같은 나이였다면, 친구가 될 수도 있었겠다 싶기도 해요. 선생님은 앞머리를 부풀리지는 않았지만, 옷은 곧잘 입으세요. 그리고 저희 학생들을 돌연변이니 뭐니 하며 얕잡아 보지 않고 어엿한 인격체로 대해 주세요. 선생님이 배우 뺨치게 연기를 잘하시는 건지도 모르겠지만, 아이들하고 대화를 나누실 때면 선생님은 정말로 진지하게 들어주시는 것 같아요. 캐리 로더릭이 제이슨 블라이랑 헤어지고는 하루 종일 질질 짜고 있을 때, 선생님이 캐리를 복도로 데리고 나가 이야기를 나누셨다면서요. 캐리가 모두에게 선생님이 얼마나 다정하게 대해 주셨는지 모른다고 했어요.

이렇게 훌륭하신 선생님이, 학교라는 곳 자체가 얼마나 문제투성이인지 왜 모르시는 거죠? 제가 평생토록 버거보이에서 일하지는 않겠지만(신이시여, 그런 일이 없기를!) 그렇다고 훨씬 나은 직업을 구할 수 있을 것 같지도 않아요. 언제쯤이면 배우는 것이 중요해질까요?

1월 29일

읽지 마세요, 던프리 선생님.

수요일에 내가 딴 데 정신이 팔린 것처럼 보였을지도 모른다. 엄마가 완전히 넋 나간 사람처럼 구는 바람에 도무지 수업에 집중할 수가 없었다.

정말이지, 간밤에 엄마가 어찌나 섬뜩하게 굴던지 하마터면 환각제를 먹은 게 아니냐고 물어볼 뻔했다. 눈은 개개 풀어졌고 매트나 나한테 말을 걸려고도 하지 않았다. 나는 엄마에게 온갖 질문을 해 댔다. 엄마, 먹을 것 좀 갖다 줄까? 추우면 난방 온도를 더 올려 줄까? 발 담그게 대야에 물을 떠다 줄까? (엄마는 계산대에 서서 일을 하기 때문에 늘 발이 아프다고 했다.) 하지만 엄마는 아무 대꾸도 하지 않았다. 때마침 엄마 친구인 브렌다 아줌마가 직장에서 전화를 걸었고, 내가 엄마한테 수화기를 건네주니까 엄마는 "응." 아니면 "아니." 아니면 한꺼번에 "응, 아니." 했다.

그러고서 잘 있으라고 하고는 수화기를 꼭 움켜쥐고 있었는데, 거의 끌어안다시피 했다.

"엄마, 내가 대신 수화기 놓을까?"

'수화기가 잘못 놓였습니다.' 하고 전화국에서 보내는 음성 메시지가 몇 초 간격으로 되풀이되었다.

엄마는 그 소리는커녕 내 말조차 들리지 않는 눈치였다. 그러다가 엄마가 나한테 뭐라고 말했는데, 크리스마스 이후 정말이지 처음 한 말이었다.

"그이는 나를 사랑해, 그이가 날 사랑한다는 걸 알아."

나는 "오, 그래서 그렇게 아빠가 엄마에게 주먹질을 한 거야." 하고 비아냥거리고 싶은 마음이 굴뚝같았다. 하지만 그러지 않았다. 엄마가 이렇게 간절히 아빠와 살고 싶어 하는데, 내가 아빠를 쫓아냈으니 죄책감을 느끼지 않을 수 없었다.

"그래, 엄마, 나도 알아. 아빠는 엄마를 많이 사랑해. 아빠는 그냥 문제가 좀 많은 것뿐이야."

나는 엄마의 기운을 북돋워 주려고 애써 진심 어린 소리처럼 말했다. 한데 막상 그 문제를 곱씹어 보니 그게 사실일지도 모른다는 생각이 들었다. 아빠가 애정 어린 눈길로 엄마를 바라보는 걸 본 적이 있다. 그런데 어쩌다가 이렇게 엉망진창이 되었는지를 헤아려 보면, 엄마 아빠 둘 다한테 다 책임이 있는 것 같다. 나는 아빠가 얼마나 많은 직장을 전전했는지 모른다. 그리고 아빠의 말을 들어보면, 절대 아빠 탓이 아니란다. 아마도 별 잘못 없이 직장에서 쫓겨나는 적도 더러 있었을 것이다. 다른 아이들 부모들도 직장에서 쫓겨나는 경우가 많으니까. 학교에서 선생님들은 주변 공장들이 워낙 많이 문을 닫기 때문에, 교육을 많이 받지 못하면 좋은 직장을 구할 수 없다고 귀에 딱지가 앉을 정도로 말씀하신다. 하다 못해 외할아버지가 일하셨던, 스프레이 깡통을 만드는 공장도 문을 닫았다. 아주아주 오래 전에 말이다. 그런데 아빠는 고등학교 졸업장조차 없는 모양이었다. 엄마가 덜컥 나를 갖는 바람에 아빠 엄마 둘 다 중퇴를 했다.

그래. 결국 이게 다 내 탓이란 소리가 되고 말았잖아.

아무튼 내 딴에는 엄마에게 다정하게 군답시고 갖은 애를 썼는데 별 도움이 되지 않았다. 엄마 비위를 맞추려고 한 소리에도, 엄마는 아무런 대꾸도 없이 그저 멍하니 앉아 있었다. 샌디에게 전화를 걸어야겠다 싶어 급기야 엄마 손에서 수화기를 낚아챘다. 그런데도 엄마는 꿈쩍도 하지 않았다. 엄마는 아직도 무언가를 거머쥐고 있는 것처럼 손가락을 구부리고 있었다.

브렌다 아줌마한테 전화해서 엄마가 일할 때 이상해 보이지 않았는지 물어볼까도 생각했다. 하지만 브렌다 아줌마를 믿어도 좋을지 잘 모르겠다. 엄마더러 줄곧 알리바이 술집에 가 보라고 일러 주던 사람이 아줌마 같다. 아닌 게 아니라 아빠는 정말 거기 있었고, 엄마는 결국 아빠를 찾아냈다. 브렌다 아줌마가 아빠랑 아는 사람과 데이트를 해서 지금 아빠가 어디에 있는지 엄마에게 귀띔해 주고 있을 거다.

정말이지, 브렌다 아줌마는 샌디나 로첼, 체스티티 만큼이나 남자 보는 안목이 없는 것 같다. 딱 한 번이라도 좋으니 진짜 어른다운 어른을 만나 보고 싶다.

내가 외할머니를 사무치게 그리워하는 것도 바로 이런 이유 때문인 것 같다. 할머니는 브렌다 아줌마나 엄마보다 훨씬 나이가 많으셨지만, 평생 동안 무언가 배우려고 하셨던 것 같다. 할머니는 여느 열다섯 살처럼 사내애들 꽁무니나 쫓아다니는 그런 소녀가 아니었다.

할머니는 늘 말씀하셨다.

"네가 너 자신을 사랑하지 않으면서, 다른 사람이 널 사랑해 주길 바라서야 되겠니?"

아빠는 외할머니라면 넌더리를 냈지만, 어차피 할머니 집에 얹혀 살아야 했기 때문에 묵묵히 따르는 수밖에 별 도리가 없었다. 언젠가 할머니가 아빠에게 엄마랑 우리들을 가만두지 않으면 경찰을 부르겠다고 으름장을 놓던 기억이 난다. 아빠는 마지못해 할머니가 하라는 대로 했다. 아무튼 그때는 그랬다. 나중에 생각해 보니, 아빠도 할머니가 진짜로 경찰을 부르지는 않을 거라는 사실을 알았을 것 같다. 할머니는 당신 집에서 그렇게 나쁜 일이 벌어지고 있다는 걸 누가 아는 걸 원치 않으셨으니까.

한번은 할머니가 자존심 때문에 문제라고 말씀하신 적이 있다. 그때는 무슨 말인지 이해할 수 없었는데, 할머니가 얘기하려던 게 바로 그런 게 아닌가 싶다.

할머니가 학교에 가는 나를 배웅하시면서 "오늘도 자랑스러운 우리 티시!" 하고 자존심은 중요한 것인 듯 말씀하신 것은 빼고.

할머니가 돌아가시기 전에는 나도 모범생 축에 끼었는데.

2월 1일

읽지 마세요, 던프리 선생님.

오늘은 별 볼일 없는 날이에요. 엄마는 여전히 넋 나간 사람 같고, 학교는 여전히 짜증나고, 버거보이는 여전히 지긋지긋해요. 죄송해요, 던프리 선생님. 별일도 없는 데 길게 쓰려니까 막막하네요. 이따금씩, 하루아침에 제 삶이 송두리째 뒤바뀌어 있는 상상을 해 보곤 해요. 모든 게 더 바랄 나위 없이 좋은 거 있잖아요. 부모님도 별일 없고, 매트도 징징대지 않고, 제가 버거보이에서 일하지 않아도 돈이 남아돌아 멋진 옷도 사 입고, 학교에 가지 않아도 되고, 정말로 다정한 남자친구도 있구요.(하, 이건 그냥 꿈이에요.) 그리고 음, 이건 그냥 꿈이니까 외할머니도 아직 살아 계시는 거예요. 근사하지 않나요?

그런데 아침에 깨어 보면 늘 똑같은 구질구질한 삶이 기다리고 있어요.

낙심천만이랍니다.

2월 4일

읽지 마세요, 던프리 선생님.

엄마를 상대하는 새로운 방법을 찾아냈다. 대놓고 무시하는 거다. 우리 집에서 어른은 내가 아니라 엄마인데, 내가 왜 엄마를 달래느라 진땀을 흘려야 한단 말인가? 한동안 매트한테 하듯 엄마를 대했다. 마치 엄마를 돌보는 게 내 의무라도 되듯. 하지만 엄마가 굳이 좀비 여왕처럼 행동하고 싶다면 그건 엄마 문제지, 내 문제는 아니다.

이제 나랑 매트랑 둘이서 살고, 있는지 없는지조차 모를 누군가가 우리와 함께 있는 꼴이 되었다. 학교나 버거보이에서 돌아오면, 나는 엄마가 거실에 앉아 텔레비전을 보건 말건 아예 거들떠보지도 않으려고 했다. 나는 여전히 학교에서 매트를 데려오고, 여전히 매트가 배를 곯지 않게 음식을 장만하고, 여전히 일주일에 한두 번은 부엌 청소를 한다. 매트에게 줄곧 말을 건네지만, 엄마한테는 숫제 그럴 마음조차 품지 않았다. 어젯밤에 매트는 거실 바닥에서 성냥갑 자동차를 가지고 놀고 있었고, 나는 〈행운의 바퀴〉라는 프로그램 대신 〈긴급출동 119〉가 보고 싶었다. 무심코 매트에게 채널을 돌려도 되겠냐고 묻고는, 매트가 엄마한테 묻는 걸 보고서야 비로소 엄마가 거기에 있다는 사실을 불현듯 깨달았다. 엄마가 버젓이 텔레비전 앞에 앉아 있었는데 말이다.

아무튼 엄마는 툴툴대고는 그만이었다. 엄마는 오로지 아빠 생각뿐이니까.

이상한 건 엄마를 무시하기 전이랑 지금이랑 딱히 달라진 게 없어 보인다는 거다. 엄마는 크리스마스 이후 한 차례 "그이는 나를 사랑해. 그이가 날 사랑한다는 걸 알아." 중얼댔고, "어떻게 네가 그럴 수 있니? 아빠한테 대들기나 하고……." 두서너 번 따진 것 말고는 거의 아무 말도 하지 않은 것 같다. 차라리 엄마가 나한테 몹쓸 년이라고 고함이라도 지르면 덜 답답할 텐데. 내 딴에 변명이라도 할라치면, 엄마는 구시렁대고는 딴 데로 가 버렸다.

우리 엄마가 어쩌다가 이렇게 무기력한 사람이 되었을까?

외할머니가 살아 계셨다면 틀림없이 엄마 때문에 부끄러워 얼굴도 못 드셨을 거다. 할머니라면 매트랑 나에게 이런 추한 모습을 보이는 걸 절대로 용납하지 않으셨을 텐데.

티시,

좋아. 이번엔 정말로 많이 썼구나.

2월 12일

절대로 읽으시면 안 돼요, 던프리 선생님.

새벽 네 시인데 도무지 잠을 이룰 수가 없어 일기를 쓰고 있다. 나는 똑바로 누웠다가, 모로 누웠다가, 엎드렸다가, 도로 똑바로 누웠다. 그러는 내내 온갖 걱정거리들이 물밀 듯이 밀어닥쳐서 너무 괴로웠다.

두렵다. 이렇게 두려운 적은 한 번도 없었다. 엄마가 집을 나갔다.

오늘 밤 아홉 시에 버거보이에서 일을 마치고 집에 왔는데, 집안이 온통 깜깜해서 좀 놀랐다. 매트가 틀림없이 집에 있을 테고, 엄마는 밤 열두 시까지는 일하러 가지 않는데 말이다.

현관문 열쇠를 따는 순간, 매트가 코를 훌쩍이며 우는 소리가 들렸다. 매트가 자기 방 침대 아래 숨어 있는 게 분명한데, 어찌나 큰 소리로 우는지 온 집안이 떠나갈 듯했다.

나는 소리쳤다.

"매트, 무슨 일이니?"

도둑이 침입해 매트를 때리고 물건을 훔쳐간 게 아닌가 하는 생각이 들었던 것이다. 아니면 그와 비슷한 일이 일어났거나. 그렇다고 우리 집에 훔쳐 갈 것도 없지만 말이다. 나는 심지어 엄마와 상대하지 않겠다는 사실조차 까먹고서 "엄마?" 하고 부르기까지 했다. 하지만 매트는 아무 대답도 하지 않았고, 엄마 역시 아무 반응이 없었다.

거실 불을 켜 보니 도둑이 침입한 흔적은 없었다. 바로 그때 작은 탁자 위에 놓여 있는 쪽지가 눈에 띄었다.

지금도 내용을 똑똑히 기억한다.

티시,
네 아빠를 찾으러 간다. 나 없는 동안 매트를
잘 돌봐 주리라 믿는다.
엄마.

이상한 건 처음에는 이게 무슨 말인지 이해하지 못했다

는 사실이다. 읽기는 하는데, 무슨 말인지 전혀 모르겠는 거다. 그때 나는 '어, 엄마가 아빠를 찾으러 갔네. 하긴 여기 죽치고 앉아 울부짖는 걸로 허송세월하는 것보다는 나을지도 몰라.' 하는 심정이었다.

그러고서 쪽지를 다시 읽었다. 그리고 또 읽었다. 엄마는 돌아온다는 말을 하지 않았다. 돌아오지 않을 거라는 말인가? 쪽지를 한 번 더 읽었지만, 두 문장으로 알아낼 수 있는 것은 별로 없었다. 머리를 한 대 얻어맞은 것처럼 충격을 받았다는 걸 인정해야겠다. 우리 엄마가 세상에서 가장 훌륭한 엄마라서가 아니라 엄마가 도망가는 걸 좋아할 사람은 아무도 없기 때문이다.

그래서 나는 이런저런 생각을 했다, 엄마를 대놓고 무시해서 결국 엄마가 집을 나간 건가? 아니면 나 때문에 아빠가 나갔으니 결국 이게 다 내 탓이란 말인가?

그때 매트가 살그머니 다가와서 내 허리를 부둥켜안았다. 어찌나 세게 끌어안던지 숨을 쉴 수 없을 지경이었다.

"엄마가 갔어."

매트가 말했다. 녀석의 몰골이 말이 아니었다. 머리카락은 온통 헝클어졌고, 눈은 하도 울어서 퉁퉁 부었고, 윗도리에는 보무라지가 더덕더덕 붙어 있었다.

내가 말했다.

"그래, 엄마는 갔어. 그래서 어떻다는 거야? 여기에 있을 때 엄마가 한 일이 뭐가 있다구?"

겁을 먹은 나머지 내가 좀 표독스럽게 쏘아붙였던 모양이다. 매트는 한결 요란스럽게 울기 시작했는데 마치 내가 한 대 때리기라도 한 것 같았다.

나는 매트를 다독이며 말했다.

"야, 울지 마. 엄마가 꼴도 보기 싫다고 그런 것도 아닌데 왜 그래. 엄마 없이도 우리끼리 잘 살 수 있을 거야. 그럼 되지, 뭐."

"엄마가 돌아올까?"

"잘 모르겠어. 괜한 기대는 하지 마. 그러면 엄마가 올 때까지 조바심 나서 못 살아, 알겠지? 그건 그렇고, 누나는 네 곁을 절대로 떠나지 않을 거라는 거 너도 잘 알잖아."

그 말에 매트는 기분이 한결 나아진 눈치였다.

매트가 물었다.

"엄마가 돈을 좀 주고 갔잖아, 그치?"

미처 그 문제는 생각조차 못했다. 우리는 엄마가 항상 돈을 넣어 두는 봉투가 들어 있는 부엌 서랍을 열었다. 웬걸, 봉투는 텅 비어 있었다.

"괜찮아. 누나가 버거보이에서 많이 벌잖아. 누나가 다 알아서 할게."

나는 계속 매트에게 이렇게 말했다. 모든 게 잘될 거라는 둥, 잘 돌봐 줄 테니 마음 푹 놓고 그냥 누나랑 단둘이 모험을 떠난 셈 치라는 둥. 이 닦고 잘 준비를 하라고 말했을 즈음에는 심지어 매트가 킬킬거리기까지 했다.

내 방에 들어온 다음에야 비로소 버거보이에서 버는 쥐꼬리만 한 돈으로는 어림도 없다는 생각이 들었다. 나는 엄마가 내야 하는 공과금이 뭐가 있는지조차 알지 못한다. 청구서가 우편으로 오는 건가? 아니면 전기공사며 여기저기 가서 챙겨 와야 하는 건가?

엄마는 내일 돌아올 거고 이 모든 게 한바탕 벌어진 해프닝으로 끝날 거야, 하고 혼잣말을 했다.

하지만 어떻게 그걸 믿을 수 있단 말인가?

한 시간쯤 시름에 잠겨 침대에 걸터앉아 있었던 것 같다. 그리고서 나는 정말로 이상한 짓을 했다. 벽장 바닥을 샅샅이 뒤져, 외할머니가 돌아가시기 전에 뜨라고 주신 너덜너덜하고 볼품없이 구겨진 담요를 꺼냈다. 코바늘 역시 벽장 바닥, 낡은 티셔츠 밑에 있었고, 나는 실과 코바늘을 어떻게 놀려야 하는지 생각해 냈다. 정말이지 온 신경을 집중해야 했다. 안으로 실을 걸어 코바늘을 빼 뜨고, 밖으로 루프를 빼 뜨고, 다시 밖으로 두 번 걸고. 이걸 죄다 기억하고 있다니 놀라운걸. 담요에서 할머니가 뿌리시던 라벤더 향이 어렴풋이 났다. 하지만 뜨개질을 하는 동안에는 정말이지 그런 생각을 하지 않았다. 한참 동안 아무 생각도 하지 않았다. 어느덧 마음이 차분히 가라앉는 듯했다.

뜨개질을 얼마나 했는지 모르지만, 결국 그만두어야 했다. 그러자 다시 슬슬 걱정이 되기 시작했다.

왜 할머니는 뜨개질 말고 공과금 내는 방법 같이 쓸 만한 걸 진작 가르쳐 주지 않으신 걸까?

2월 15일

절대로 읽지 마세요, 던프리 선생님.

엄마는 아직도 오지 않는다. 내 생각이 맞나 보다, 엄마가 영원히 돌아오지 않을 거라는.

가장 두려운 건 누군가 이 사실을 알아채는 거다. 지난 금요일 엄마가 쓴 쪽지를 처음 발견했을 때 친구에게 전화를 걸어 자초지종을 말하고 어떻게 할지 물어봐야겠다는 생각이 들긴 했다. 전화를 걸었다면 아마도 체스티티였을 텐데, 그 애는 고민을 털어놓으면 더할 나위 없이 상냥하게 대해 주기 때문이다. 생각해 보니 그러지 않길 천만다행이다. 체스티티는 전화로는 안쓰러워하며 온갖 위로의 말을 늘어놓든가, 아니면 "야, 그럼 이래라 저래라 잔소리해 대는 사람이 없어졌다는 거잖아? 그게 뭐가 문제야?" 하면서 잘됐다고 법석을 떨지도 모른다. 하지만 내가 수화기를 내려놓기 무섭게 로첼이나 샌디 아니면 누구 다른 사람에게 전화를 걸어 떠벌릴 거다.

"티시한테 무슨 일이 생겼는지 너희들은 아마 상상도 못할걸. 걔 부모가 집안을 완전히 풍비박산을 만들고……."

생각만 해도 얼굴이 화끈거린다. 그 다음 날이면 온 학교에 다 알려지겠지.

그러면 더 끔찍한 일이 생길 수도 있다. 나는 어른들이 알았을 경우 무슨 일이 생길지 미처 생각조차 해 보지 않았다. 그런데 오늘 점심시간에 로첼이 카산드라 뭐라는 1학년짜리 애에 대해서 이야기해 주었는데, 그 애 부모가 주말에 교통사고로 죽었다는 것이다. 카산드라에게는 서너 명의 형제자매가 있는데, 그 아이들을 돌볼 친척이 없어서 죄다 뿔뿔이 흩어져 서로 다른 양부모들에게 맡겨졌다는 것이다.

매트랑 나도 돌봐 줄 친척이 없다. 외할머니와 외할아버지는 두 분 다 돌아가셨고, 친할머니와 친할아버지는 까마득히 오래 전에 이사를 가셨다. 아빠와 인연을 끊었거나 뭐 그랬던 것 같다. (누가 그분들을 나무랄 수 있겠어?) 나는 친할머니 친할아버지를 만난 기억조차 없다. 나랑 매트를 만날 생각조차 없는 분들인데, 과연 우리를 돌봐 주겠다고 선뜻 나서실까? 결국 매트랑 나도 양부모들에게 보내질 것이다. 누구라도 우리를 갈라 놓으려고 하면, 그 사람을 죽여 버리겠다.

그래도 내가 제법 똘똘해서 매트에게 엄마가 집을 나갔다는 사실을 친구한테도, 선생님한테도, 아무한테도 절대로 말하지 말라고 미리 당부해 두기를 참 잘했다.

아무튼 매트에게는 그런 이야기를 나눌 친구가 없어 보인다. 다만 얼떨결에 선생님에게 말하지 않기만을 바랄 뿐이다.

2월 17일

절대로 읽지 마세요, 던프리 선생님.

일주일 내내 누가 알아채기라도 할까 봐, 지불할 수 없는 청구서가 올까 봐, 온통 걱정투성이라서 신경과민이 되었다. 그런데 이상한 건 엄마 없이도 그냥저냥 살 만하다는 사실이다.

어젯밤에 마음을 다잡고 엄마 친구인 브렌다 아줌마에게 전화를 걸어 아는 게 있는지 은근슬쩍 떠보았다. 중학교 때 사람들을 곧잘 골탕 먹이곤 하던 수법을 써먹었다. 아줌마한테 무슨 일로 전화를 했냐고 뒤집어씌우는 건데, 나는 그저 깍듯하게 너스레를 떨기만 하면 된다. 중학교 때 샌디는 그렇게 해서 사람들을 무척이나 당혹스럽게 만들기 일쑤였다. 샌디가 이 장난으로 제니 마린을 한 차례 울렸던 일이 기억난다. 브렌다 아줌마가 멍청해서 내 술수에 속아 넘어간 건지는 확실치 않지만, 아무튼 효과는 있었다. (내가 전화를 걸었을 때, 아줌마는 술을 마시고 있었던 것 같다.) 브렌다 아줌마한테서 알아낸 사실은 이렇다. 엄마는 해거티스 일을 그만두었는데, 사람들에게 다른 데 더 나은 직장을 구했기 때문이라고 둘러댔다. (맞긴 맞다. 며칠씩이나 병가를 냈으면서도 해거티스에서 쫓겨나지 않은 걸 보면 엄마는 억세게 운 좋은 사람이다.) 브렌다 아줌마가 가장 최근에 들은 소식은, 아빠가 서부 캘리포니아 어딘가에 있다는 것이다. 브렌다 아줌마는 엄마가 아빠를 찾으러 갔다는 사실에 관해 아무것도 모르고 있었다. 아줌마는 새 직장을 얻어 놓고 시치미를 뚝 뗐다며 엄마를 엉큼하다고 생각할 뿐이었다.

웃기는 일은 전화를 막 끊으려는 찰나 브렌다 아줌마가
이렇게 말했다는 거다.

"저기, 내가 네 엄마한테 전화를 건 이유는, 돈을 지금보
다 두 배로 번다고 해서 해거티스에 있는 우리들을 생판 모
른 체하지 말라고 당부하려고 그랬어. 우리하고 쭉 친구로
지내고 싶으면, 가끔 들러서 인사라도 하고 가라고 엄마한
테 전해라."

내가 너무 능청맞게 잘한 건가, 아니면 뭐지?

브렌다 아줌마를 보기 좋게 속이다니 엄마한테도 점수를
줘야 할 것 같다. 브렌다 아줌마가 천하에 둘도 없는 숙맥이
아니라면 말이야.

적어도 이제는 웬만큼 확신이 섰다. 아니 꽤 확실하다.
엄마가 우리를 버렸다는 사실을 알아챌 사람도, 매트와 나
를 갈라 놓으려고 안달할 사람도 없다는 것이다.

티시,

이번에는 세 편뿐이지만 첫 번째 일기를 무척이나 길게 썼으니, 어쨌
거나 만점을 줘야겠다. 다음에는 네 편을 쓰도록 해 봐, 알겠지?

2월 23일

절대 읽지 마세요, 던프리 선생님.

너무 두렵다.

금요일에 이 일기를 제출하고, 다음 수업 시간에 퍼뜩 이런 생각이 들었다. 어쩜 이렇게 바보 같이 굴었을까? 엄마가 집을 나갔다는 걸 비밀로 하려고 그렇게 몸부림을 쳐 놓고, 엄마가 집을 나갔다는 거며, 매트를 돌보겠다고 다짐한 거며, 공과금 걱정을 한 것까지 고스란히 적어 놓은 공책을 던프리 선생님께 내다니. 모조리. 선생님이 읽지 않겠다고 하셨지만, 이번 한 번만 읽으시면 어쩌지?

역사 시간에 어찌나 애가 타던지 식은땀이 날 정도였다. 체스티티가 내 쪽으로 몸을 기울여 양호실에 가야 되지 않겠냐고 물었다.

그러고서 오늘 던프리 선생님이 이 일기장을 나눠 주셨는데, 그냥 일기를 몇 개 썼는지에 관한 쪽지를 남기셨을 뿐이다. 그게 무슨 중요한 문젯거리라도 되듯.

한동안, 일기장에 아무것도 쓰지 말까, 아예 내지 말까, 어떻게 할까, 이런저런 생각을 했다.

하지만 누군가에게 터놓고 이야기할 수 없을 때부터 글로 써 내려가다 보면 한결 마음이 편안해졌다. 그게 엄마가 집을 나간 문제에 관해 매트와 이야기를 나눌 수는 있지만, 내가 근심스런 기색을 보일라치면 이내 매트가 눈시울을 붉혔기 때문에 나는 늘 활기가 넘치는 척해야 했다. 그래서 일기를 꾸준히 쓰는 게 아닌가 싶다. 에라, 잘 모르겠다. 지금 당장은 이런 것쯤 별 문제도 되지 않는다.

엄마가 집을 나간 이후로 갖고 있는 돈이 바닥날까 두려워 돈을 쓰지 않으려고 애를 썼다. 샌디와 로첼과 체스티티에게는 다이어트 중이라고 미리 선수를 친 터라 점심을 먹지 않아도 귀찮게 캐묻지 않았다.

그런데 로첼이 그만 눈치 없이 굴었다.

"자판기에서 다이어트 콜라라도 뽑아 먹지 그래. 내 것도 하나 뽑아 주고."

그러자 샌디와 체스티티도 덩달아 하나씩 뽑아 달라고

하면서 돈도 주지 않았다. 그 바람에 얼떨결에 3달러나 날렸다. 차라리 점심을 먹었더라면 이보다 덜 들었을 텐데.

3달러라고 하면 대수롭지 않아 보이지만, 버거보이에서 거의 한 시간을 일해야 벌 수 있는 돈이다. 난방비는 얼마나 나올까? 전화요금은? 내야 할 공과금이 또 뭐가 있지?

그러고서 매트가 반에서 소풍을 간다는 안내문을 들고 왔는데, 부모의 서명을 받고, 박물관 입장료와 점심 값으로 5달러를 내라는 것이었다. 서명은 내가 엄마 것을 흉내 내서 거뜬히 해결했지만, 매트가 자러 간 후에 소파에 앉아 아무리 잔돈을 탈탈 털어도 4달러 50센트밖에 안 된다.

2월 24일

읽지 마세요, 던프리 선생님.

하마터면 오늘 밤에 매트를 죽일 뻔했다. 우리는 함께 MTV를 보고 있었는데 진행자인 커트 로더가 인기 가수들이 얼마나 돈이 많은지 떠들기 시작했다. 잠자코 듣고 있자니 울화가 치밀었다. 다음 주 식료품 살 돈이 바닥나면 어쩌나 마음을 졸이고 있는 판에, 마돈나한테 천금 만금이 있다 한들 그게 무슨 상관이람?

그런데 매트가 킬킬거리며 말했다.

"엄마 돈을 합치면, 우리도 저 사람들만큼 부자인데, 그치, 누나?"

"꿈 깨. 봉투에 땡전 한 푼 없는 것 너도 봤잖아."

이렇게 말하면서 할머니가 코바늘로 뜬 베개 하나를 매트에게 휙 던졌다.

"아니야, 정말로 엄마가 돈 많이 주고 갔잖아, 응?"

"도대체 무슨 소리를 하는 거니?"

나는 자세를 바로 하고 앉았다. 매트가 이런저런 일을 헷갈리는 적이 더러 있긴 하지만, 정말로 엄마가 쪽지 말고 남겨 둔 게 있다고 여기는 눈치였다. 매트가 너무 겁을 집어먹은 것 같아서, 나는 돈 문제를 비롯한 걱정거리를 일체 입 밖에 내지 않으려고 무척이나 조심했다. 하지만 지금 나는 영화에서 사람들이 중요한 정보를 캐내려고 할 때 으레 그렇듯, 매트의 멱살을 덥석 움켜쥐고는 내 쪽으로 끌어당겨 눈을 정면으로 쏘아보고 싶은 마음이 굴뚝같았다.

매트는 불안스런 눈초리로 나를 힐긋 쳐다보았다.

"그때 말하려고 했는데, 누나가 버거보이에서 받는 돈으로도 충분하다고 했잖아. 그리고 나서 나는 누나가 아는 줄 알았는데, 정말 몰랐어? 엄마가 급료를 안 받아 왔다는 거,

누나도 알 텐데. 그것 말고도 돈이 더 있는 것 같던데……."

나는 한숨을 푹 내쉬었다. 한바탕 폭발이라도 했으면 싶었지만 그러지 않았다. 나는 매트에게 정말로, 정말로 쉬운 질문들을 퍼붓기 시작했다. 한 30분쯤 지나서야 비로소 자초지종을 알게 되었다.

엄마가 집을 나가던 그날 매트가 학교에서 돌아왔을 때, 엄마는 아직 집에 있었던 모양이다. 매트는 배가 고파서 새로 사 온 간식거리가 어디 있나 두리번거렸다. 엄마는 대개 금요일에 일이 끝나자마자 장을 보는데, 그날 급료를 받기 때문이다. 하지만 먹을 게 하나도 없었다. 그래서 엄마한테 물었더니 엄마가 깜빡하고 급료를 받아 오지 않았다고 했다. 매트는 엄마한테 당장 슈퍼마켓에 가자고 졸라 댔지만, 엄마가 들은 체도 하지 않아 그냥 자기 방에 가서 놀았다.

잠시 후 엄마가 방에 들어와 매트에게 입맞춤을 하고서 말했다.

"잘 있어라. 깜빡하고 안 적었는데, 티시 누나한테 엄마 급료하고 밀린 휴가비를 전부 받으라고 말해."

매트는 엄마가 슈퍼마켓에 가는 줄 알았던 것이다.

나는 묻지 않을 수 없었다.

"전혀 눈치 못 챘어? 엄마가 왜 쪽지를 써 놓았을까 하고? 엄마가 해거티스에 갈 거면서 왜 나한테 급료를 챙기라고 했는지?"

갑자기 울화가 치밀어 올라 눈앞이 캄캄했다. 줄곧 넉넉한 돈이 있었는데도, 돈 때문에 그렇게 조바심을 쳤다니. 어떻게 매트는 거의 두 주 동안이나 시치미를 뚝 떼고 있었을까? 엄마가 집을 나갔는데도, 눈치도 못 채고 막지도 못한 걸 생각하니 매트한테 더 분통이 터졌다. 엄마가 그냥 해거티스에 가는 길이었다면 굳이 입맞춤을 했을 리 없을 텐데. 그리고 엄마가 매트에게 그런 치사한 짓을 했다는 게, 진짜로 우리를 버릴 작정이었으면서 장 보러 가는 시늉을 했다는 게 참을 수 없이 화가 났다. 그리고 모르긴 해도, 엄마가 나한테는 입맞춤조차 해 주지 않고, 한심스러운 쪽지 한 장 달랑 남기고 떠났다는 사실 때문에 언짢기도 했을 것이다.

무심코 소리를 버럭 내질렀다가 아차! 하고 말았다. 이내 매트의 아랫입술이 바르르 떨리더니 눈자위에 물기가 어렸기 때문이다.

매트가 울먹였다.

"나는 누나처럼 머리가 잘 돌아가지 않잖아."

매트가 눈을 깜빡이자 눈물이 주르륵 뺨을 타고 흘러내렸다.

"괜찮아, 괜찮아."

나는 또다시 한숨을 내쉬면서 엄마가 집을 나간 게 매트의 잘못은 아니라고 스스로에게 타일러야 했다.

"지금이라도 그걸 말해 줘서 얼마나 다행인지 몰라. 엄마가 휴가비를 받으라고 말한 게 확실하지?"

매트는 고개를 끄덕였다.

"그럼 우리 이제 부자야?"

나는 눈동자를 굴렸다. 화는 누그러졌다. 엄마가 우리에게 돈을 남겨 주었다. 알고 보면 엄마도 그렇게 모진 사람은 아니었나 보다. 엄마는 틀림없이 돈이 바닥나기 전에 집으로 돌아올 거야, 그치?

2월 25일

읽지 마세요, 던프리 선생님.

엄마의 급료 생각을 하니 어찌나 흥분이 되던지, 오늘 수업을 땡땡이 치고 그 돈을 받으러 가기로 했다. 식료품 목록을 한도 끝도 없이 적었고, 매트와 나를 위해 특별히 스니커즈와 코코팝스 따위를 사기로 했다. 온 세상이 전부 내 것인 양 발걸음도 경쾌하게 해거티스에 갔다. 그런데 이게 웬일인가? 담당자는 엄마가 하도 자주 앓아눕는 바람에 병가로 휴가를 몽땅 써 버려서 휴가비를 몽땅 까먹었다는 등 주절 주절 늘어놓았다. 결국 엄마한테 줄 돈이 한 푼도 없다는 것이다.

문제는 내가 자초지종을 모른다는 거다. 엄마의 급료를 떼어먹으려고 부지배인이 거짓말을 하는 것일 수도 있다. 처음에는 오로지 엄마한테만 그 돈을 받아 갈 "자격"이 있다고 했다. 그러다 내가 악다구니를 퍼부으니까 그제야 비로소 병가 얘기를 꺼냈다. 그러고서 내가 시시콜콜 따지고 들자 연신 얼버무렸다.

"더 말할 것도 없이, 네 엄마가 아닌 다른 사람과 이 문제에 대해 왈가왈부하는 건 시간 낭비다."

나는 왈칵 울화가 치밀었다.

"어머 그래요? 만약에 엄마가 캘리포니아에 있다면 어떡하실래요?"

이렇게 맞받아치고 싶었지만 그럴 수 없었다.

엄마가 몸서리치게 밉다. 이제 엄마가 오건 말건 상관하지 않는다.

2월 26일

읽지 마세요, 던프리 선생님.

오늘 학교 끝나고 매트를 데리러 갔는데, 매트가 꾸물거리고 나오지를 않아 꽤 오랫동안 아이들을 쳐다보고 서 있었다. 한결같이 밝은 빛깔의 알록달록한 옷을 입고 와자하게 웃으며 이야기를 주고받는 품이 무척이나 행복해 보였다. 그 뒤에 한참 뒤처져 매트가 나왔다. 매트의 외투는 내가 지난가을에 사 주었는데 칙칙한 잿빛이다. 매트는 단추를 하나도 채우지 않았고, 옷이 좀 커서 한쪽 어깨가 아래로 축 늘어졌다. 허리춤에 윗도리가 삐져나왔고, 바지는 양쪽 무릎에 구멍이 숭숭 뚫려 있었다. 머리는 사흘은 빗질을 하지 않은 듯 사방으로 삐죽삐죽 뻗쳤다.

매트는 내가 초등학교 다닐 때 아이들이 한통속이 되어 골려먹던 아이처럼 보였고, 당장에라도 울음보를 터뜨릴 것만 같았다.

도무지 사랑이란 걸 받아 보지 못한 아이 같았다.

나는 치즈를 버무린 마카로니 요리 따위를 만들어 먹고 그냥 집에 있을까, 아니면 매트를 집에 혼자 둔 채 로첼이랑 파티에 갈까 생각 중이었다. 그런데 매트가 어찌나 측은해 보이던지, 특별 파티를 열어 줘야겠다고 생각했다. 걸어서 집에 왔고, 나는 매트에게 목욕을 하고 제일 좋은 옷을 입으라고 했다. 그리고 로첼에게 전화를 걸어 아파서 파티에 못 간다고 거짓말을 했다. 나는 일 년 전에 이웃집 장례식에 입으라고 엄마가 우겨서 사 준 드레스를 입었다. 세상에, 내가, 드레스를 다 입다니? 그러고서 매트를 데리고 버거보이에 가서 먹고 싶은 걸 실컷 먹으라고 했다. (나는 어제 급료를 받았다. 적어도 나는 급료를 받는다. 엄마랑 다르다.) 나는 매트에게 우리 둘만 남은 걸 축하하는 파티라고 했다.

"누나 말이 맞지? 엄마랑 아빠 없이도 잘 살 수 있다고 했잖아."

이 말만 듣고도 매트가 코를 훌쩍거리는 바람에 나는 재빨리 화제를 돌렸다. 말하는 소 이야기며, 상냥한 로봇 이야기 따위의 온갖 터무니없는 이야기를 지어내 들려주기 시작했다. 얼마 후 매트는 웃음보를 터뜨렸다. 나는 감자튀김을 날아다니는 비행기 삼아 매트의 머리 위로 빙글빙글 돌리는 시늉을 하다가 입안으로 쑥 착륙시켜 주었다. 그러자 매트는 자지러지게 웃었다. 버거보이에 있던 다른 손님들이 우리가 행복해 보였는지 부러운 눈길로 쳐다보았다.

우리가 막 가려는데, 오늘 밤 계산대에 있던 렉시 사무엘스가 말했다.

"네 남동생이니? 정말 귀엽다."

그 말을 듣고 보니 매트가 정말로 귀엽게 느껴졌다. 매트는 〈나 홀로 집에〉라는 영화에 나오는 꼬마처럼 말쑥하게 머리를 넘기기까지 했다.

집에 와서 매트가 학교에서 그린 그림을 보여 주었는데, 하늘이 무너져 내리는 것 같았다. 선생님이 가족을 그리라고 했다는데, 매트는 자기랑 갈색 머리숱이 더부룩한 여자애—나—가 새하얀 집 앞에 서 있는 그림을 그렸다. 제법 잘 그린 그림이었다. 그 아이들은 정말이지 매트와 나랑 똑같았다. 하지만 그건 "우리 엄마 아빠는 우리를 버렸어요."라고 동네방네 광고를 하는 꼴이었다.

내가 조바심을 치며 물었다.

"엄마를 안 그렸네? 선생님이 엄마를 왜 그리지 않았냐고 물어보시지 않던?"

매트가 "물어보셨어." 하는데, 돌아 버릴 지경이었다.

"그래서 뭐라고 그랬어?"

화내지 않으려고 안간힘을 쓰며 물었다.

"우리는 외할머니네 집에 살고, 할머니가 우리를 보살펴 주려고 집안에서 기다리고 계신다고 했어. 그러면 안 돼?"

매트에게 잘했다고 칭찬하고서 화가 나지 않았다는 걸

보여 주려고 매트를 안아 주고 또 안아 주었다.

2월 28일

읽지 마세요, 던프리 선생님.

무척 늦은 시간인데, 걱정이 돼서 잠이 오지 않아. 온갖 청구서들이 우편함에 속속 쌓이고 있어. 생각했던 것보다 훨씬 많은 거 있지. 나는 물에도 요금을 내는지조차 몰랐는데, 수도요금으로 거의 20달러나 나왔지 뭐야.

거의 모든 청구서들에 다음 달 보름까지 내라고 써 있었어. 그때까지는 무슨 수가 생기겠지. 엄마가 그 전에 돌아올지도 모르잖아. (그래, 맞아.)

그런데 그 많은 청구서들 가운데 엄마의 신용카드 청구서를 보니 그간의 궁금증이 풀렸어. 그게 뭔지 알아? 아빠가 우리들한테 안겨 주었던 그 요란한 선물들이 모조리—심지어 딱 한 번의 외식조차—아빠가 엄마의 신용카드로 기분을 냈던 거야. 보나 마나 엄마가 "잃어버린" 크리스마스 보너스를 낚아챈 사람도 바로 아빠일걸. 이렇게 대단한 사나이가 세상에 또 있을까, 안 그래? 신용카드 명세서에는 다른 것들도 잔뜩 있었어. 이를테면 알리바이 술집에서 먹은 계산서가 수두룩했는데, 보나 마나 엄마가 아니라 아빠가 쓴 걸 거야, 엄마는 맥주 한 모금만 마셔도 곯아떨어지는 사람이거든. 게다가 크리스마스 다음 날로 신용카드 이용 한도액을 다 채운 것 같았어. 아빠는 엄마 카드를 더 이상 쓸 수 없게 되니까 뒤도 돌아보지 않고 떠나 버린 거야. 결코 내 잘못이 아니었어.

아무튼 나는 그렇게 생각하고 싶어. 아빠가 떠난 게 내 탓이 아니라면, 엄마가 떠난 것도 내 탓이 아니라고.

그런데 왜 아직도 슬퍼하는 매트를 볼 때마다 죄책감이 느껴질까? 온갖 골칫거리들—모든 일을 비밀에 부친 채 돈은 거의 바닥났고, 줄곧 매트 걱정을 하는—로 인해 시달리는 게 자업자득이라고 생각되는 이유는 도대체 뭐지?

모든 게 완전히 엉망진창이야.

오늘 밤 매트가 자러 간 후에 낡은 담요를 좀 더 떴어. 이상하리만치 마음이 편안해지는 거 있지. 어느 정도는 말이야. 이게 그나마 외할머니를 떠올릴 수 있는 유일한 유품인 것 같아.

이런저런 이유로 요새 부쩍 할머니가 돌아가시던 날이 생각나. 때는 여름이었고, 나는 우리 집 뒷마당에서 동네 친구인 미스터 타일러랑 술래잡기를 하고 있었어.

집안에서 엄마가 느닷없이 비명을 질렀어.

"도와주세요! 누구 좀 도와주세요! 구급차를 불러요!"

내가 벌떡 일어나 집으로 뛰어갈 때 미스티가 소리쳤지.

"기다려! 아직 널 못 찾았단 말이야!"

내가 집 안으로 들어갔을 즈음에는, 벌써 이웃집에서 엄마를 진정시키고 구급차를 부른 뒤였어. 할머니 방—지금은 매트 방이지— 에 들어가 보니 할머니가 바닥에 꼼짝도 않고 누워 계셨어. 머리칼이 쭈뼛 곤두섰지. 그때까지 할머니가 쓰러지시거나 한 걸 본 적은 없지만, 머릿속으로 어떤 모습일까 그려 본 적이 있는데, 다리가 한 가닥 실처럼 축 늘어지고 옆으로 기우뚱하면서 무릎, 엉덩이, 팔꿈치에 이어 머리가 바닥에 곤두박질치는 거였어.

모르긴 해도 바로 전에 그런 일이 일어났을 거야.

"할머니, 할머니, 할머니."

내가 거기 우두커니 서서 되뇌고 있으려니까 마침내 할머니가 눈을 뜨셨어.

할머니는 거의 기어 들어가는 목소리로 말씀하셨지.

"티시. 매트, 매트를 찾아."

그때는 매트랑 방을 함께 썼는데, 그 방에 가 보니 매트가 침대 밑에 숨어 있었어. 매트를 다 끌어냈을 즈음, 구급

요원들이 왔고 연신 "저리 비켜, 애들아." 하고 말했어. 그러는 바람에 다시는 할머니를 보지 못했어. 그날 밤 엄마가 병원에서 전화를 걸어 할머니가 돌아가셨다고 했어.

정말로 이상해. 할머니가 돌아가시기 전에는 마음이 놓인다는 말 따위는 하지 않았을 거야. 사는 게 재미있다는 말도 하지 않았겠지. 그런데 막상 할머니가 돌아가시자 할머니가 다시 살아나시면 모든 게 다 잘될 것처럼 여겨지니 말이야.

마치 발 밑에 널따란 안전그물을 치고 팽팽한 줄 위에서 줄타기를 할 때, 누군가 그물을 치우기 전까지는 그 그물이 얼마나 소중했는지 전혀 깨닫지 못하는 것 같은 이치야. 그러고 나서야 비로소 한 발짝 한 발짝 걸음을 내디딜 때마다 떨어져 죽지나 않을까 두려워하는 거지.

지금 내가 할머니의 죽음을 곱씹고 있는 건 아마도 엄마가 우리를 버린 것보다 할머니가 돌아가신 게 더욱 견디기 힘들다는 사실을 스스로에게 일깨워 주기 위한 것 같아.

3월 5일

읽지 마세요, 던프리 선생님.

다음 수업 시간에 일기를 내야 하니까, 낼지 말지 결정하는 데 45분 가량 남았다. 이런 걸 고민하다니 정신이 나가도 단단히 나갔다. 나는 꼭 내야 하는 숙제가 아니면, 평생 숙제라는 걸 해 본 적이 없는 사람이다. (하긴, 그런 숙제조차 내지 않은 적도 수두룩하다! 하, 하.) 던프리 선생님이 "실수로"라도 이 일기를 읽지 않았으면 한다. 샌디처럼 그냥 건너뛸까도 생각했다. 그러다가 매트에게 공연히 의심 살 짓 하지 말고, 아무 일 없는 듯 자연스럽게 행동하라고 입버릇처럼 당부했던 게 생각났다. 나는 꼬박꼬박 일기를 제출했다. 만약 이번에 내지 않으면, 던프리 선생님이 수상쩍게 여기지 않을까?

이 눈치 저 눈치 보지 않고 내가 하고 싶은 대로 했으면 좋겠다. 가뜩이나 골치 아파 죽겠는데, 왜 이런 것까지 신경 써야 하는 걸까?

3월 9일

읽지 마세요, 던프리 선생님.

오, 대단해, 난 너무 똑똑해서 탈이다. 일기를 내지 않았더니, 아니나 다를까, 던프리 선생님이 월요일 수업 후에 남으라고 했다. 사사건건 간섭하려 드는 선생님들이 으레 그렇듯 던프리 선생님은 내가 숙제는, 쳇, 내다 말다 할 때가 더러 있었다나, 그런데 줄곧 일기는 얼마나 착실하게 냈는지 아느냐면서 잔소리를 늘어놓기 시작하는 거다. 무슨 문제가 있니? 상의하고 싶은 일이라도 생겼어?

나는 바보같이 금요일에 일기장 내는 걸 깜빡했고, 토요일에 집 책상 위 교과서들 틈에 놓여 있는 일기장을 보고서야 비로소 생각이 났다고 그럴 듯하게 둘러댔다. 일기장을 꺼낸 다음, 선생님이 아무것도 읽지 못하게 후다닥 넘기면서 그 쪽을 펼쳐 보였더니 선생님은 감탄사를 연발하셨다.

"어머, 진짜 많이 썼네. 여섯 개씩이나! 게다가 다 길게 썼잖아!"

숙제를 다해 놓고도 제출하는 걸 까먹어서 퍽이나 안타까운 것처럼 발을 동동 구른 걸 보면, 나도 거짓말에 도가 텄다는 걸 인정해야겠다. 던프리 선생님은 쓰긴 많이 썼지만 늦게 낸 벌로 만점을 주지는 않겠다면서 일단락을 지었다. 그러더니 내가 선생님의 수업 시간에 보여 주는 실력보다 훨씬 잘할 수 있는 능력이 있다고 확신한다는 짤막한 연설을 하셨다…….

세상에, 던프리 선생님, 오지랖도 넓으시네요. 이깟 일기나부랭이를 가지고 왜 그렇게 야단법석을 떠시는 거죠? 아니, 성적은 왜 들먹이시는 거예요? 선생님 수업을 꼬박꼬박 듣는 것만으로도 감지덕지하실 판인데 말이죠. 제 관심 목록 가운데 학교는 한 1,001번쯤 될걸요.

요즘 내가 학교를 그만두는 게 매트와 나의 돈 문제를 한꺼번에 해결할 수 있는 대책이 되지 않을까 생각 중이다. 아무튼 학교에서 배우는 게 도대체 뭔데? 아무 짝에도 쓸모없는 수업을 듣고 앉았느니, 차라리 그 시간에 돈을 벌 수도 있는데 말야. 버거보이에서 일하는 게 지긋지긋하긴 하지만, 풀타임으로 일하면 청구서 때문에 그렇게 애를 태우지 않아도 되잖아. 하나같이 다음 주가 납부기한인 것 같은데. 그걸 안 내면 어떻게 되는 걸까? 전기공사에서 난방을 끊어버릴까? 이렇게 추운 날씨에. 매트랑 나랑 얼어 죽을지도 모르는데 말이다.

3월 11일

읽지 마세요, 던프리 선생님.

먹고사는 게 얼마나 더러운지 아니?

오늘 오후에 시그레이브 씨한테 가서 화요일에 썼던 문

제에 관해 얘기했어. 엄마가 집을 나가서 공과금을 못 낼까
봐 걱정이 된다는 말은 일체 하지 않고, 학교에서 배우는 게
별 볼일 없어서 학교를 중퇴하고 버거보이에서 풀타임으로
일할 생각이라고 그랬지.

시그레이브 씨가 더할 나위 없이 심각한 표정을 지으며
말했어.

"티시, 그러면 안 돼."

그 말을 들으니 버럭 화가 나더라구. 학교를 중퇴하면 안
된다는 등 하면서 시시껄렁한 연설을 한바탕 늘어놓겠구나
싶었지. 어떻게 살던 그건 내가 알아서 하는 거고, 중퇴하기
를 원한다면 그건 내 문제지, 댁의 문제가 아니라고 막 말하
려던 참이었어. 그런데 시그레이브 씨는 학교를 중퇴하면
안 된다는 따위의 말은 한마디도 하지 않는 거야. 대신 버거
보이 규정상 고등학교 졸업장이 없는 사람을 고용해서는 안
된다고 했어.

잠깐만요, 저는 졸업장이 없는데도 열다섯 살 때부터 죽
여기서 일했잖아요, 하고 내가 따졌지.

그랬더니 시그레이브 씨가 차이점을 설명했는데, 파트타
임으로 일하는 청소년들은 확실히 졸업장이 없어도 된다는
거야. 하지만 버거보이에서는 풀타임 직원인 성인들에게 일

정 수준의 교육적인 성과를 기대하고 있으며, 최소한 고등
학교 졸업장 정도는 있어야 그 수준에 적합하다는 거지.

나는 시건방진 애라는 낙인이 찍힐망정 그냥 넘어갈 수
가 없었어. 고등학교 졸업장이 햄버거 뒤집는 거랑 무슨 상
관이 있죠? 그렇다면 학교에 12년을 꼬라박아야 화장실 청
소하는 법을 배울 수 있다는 말인가요? 뭐, 대충 이런 말을
했던 것 같아.

시그레이브 씨가 어지간히 참을성 있는 사람이라는 사실
을 인정해야겠어. 그는 "너도 크면 다 알게 될 거야." 따위
어른들이 대충 얼버무릴 때 으레 쓰는 말을 한 번도 입에 담
지 않았거든. 그도 역시 그 규정이 얼토당토않다고 여기는
모양이야.

결국 나는 문제를 해결할 방법을 찾지 못했어.

오늘 밤 매트에게 거실에서 텔레비전을 볼 거면서 방에
불은 왜 켜 놓았냐고 버럭 소리를 질렀어. 가뜩이나 돈이 없
어 걱정인데 그렇게 펑펑 쓰면 어떡해, 하고 핏대를 올렸지.
내 말에 잔뜩 겁을 먹은 매트가 울기 시작했어.

그러자 기분이 울적해졌어. 불 하나 켜 놓은 게 무슨 문
제라고? 지난달부터 버거보이에서 받은 급료를 죽 모아 놓
은 돈으로는 다른 요금은 고사하고, 수도요금 20달러도 빠

듯한데 말이야. 어차피 이렇게 된 거 차라리 실컷 써 버리자 싶었지. 나는 매트에게 가서 불이란 불은 죄다 켜 놓으라고 했어. 나는 온 집안을 구석구석 뒤져 스위치를 다 켜고 다녔어. 불이란 불은 다 켰고, 라디오며, 전기용품도 닥치는 대로 켰지. 심지어 어마어마하게 추운 날씨에도 아랑곳하지 않고 선풍기까지 켰다니까.

이렇게 울화를 삭이는 모습에 매트는 또 겁을 집어먹었어. 매트는 한결 서럽게 악을 쓰며 울어 댔어.

눈앞이 캄캄했어. 매트의 보호자 노릇을 해야 할 처지만 아니었다면, 나도 덩달아 울었을 거야.

3월 15일

읽지 마세요, 던프리 선생님.

오늘 전기공사에 전화를 걸어서, 엉겁결에 직장을 잃는 바람에 이번 달 전기요금을 낼 수 없다고 둘러댔다. 이름이나 인적사항도 밝히지 않은 채, 그냥 어른 행세를 하느라 진땀을 뺐다. 대여섯 번 담당자가 바뀐 끝에 마침내 사회복지사와 연결이 되었다. 그녀는 왜 실업수당을 받지 않았냐고 묻더니만(나는 "잘 모르겠어요." 했어. 얼마나 한심한 대답인지,

안 그래?) 직업소개소를 비롯하여 나를 도와줄 수 있는 기관들의 이름을 일일이 읊어대기 시작했다. 한술 더 떠서 나를 위해 시간 약속까지 해 줄 참이었다. 약속 시간을 정해 준다며 내 이름을 끈질기게 물었다. 나는 너무 당혹스러워 전화를 끊으려고 했다. 그러다가 불현듯 이 사람들이 전화번호를 추적하기라도 하면 어쩌나 하는 생각이 들었다. 텔레비전에 늘 나오는 이야기처럼. 갑자기 그녀가 잠깐 기다리라고 하더니만, 다른 사람이 전화를 받았다.

아까 지어낸 이야기를 다시 꺼내자 그 여자가 말했다.

"부인, 실은 이런 말은 함부로 하면 안 되는데요. 어떻게 하시면 되는지 방법을 일러 드릴게요. 액수는 상관없이, 그러니까 단돈 5달러라도 이른바 지불의지가 있음을 입증하는 돈을 보내 주시기만 하면, 전기 공급을 중단하지는 않을 겁니다. 그러고서 직장을 얻는 대로 밀린 요금을 지불하시면 돼요."

어찌나 기쁘던지, 그 여자에게 감사 인사를 한 예순 번쯤 한 것 같다. 그래서 그 여자가 민망한 나머지 전화를 끊을 정도로.

청구서마다 5달러씩 보낼 정도는 된다. 전화국을 비롯한 다른 곳들도 전기공사처럼 일을 처리했으면 좋겠다. 하긴 뭐니 뭐니 해도 전기가 제일 중요하다. 어젯밤에는 기온이 영하로 내려갔다. 날씨가 왜 따뜻해지지 않는 걸까?

차라리 이렇게 묻는 편이 낫겠다. 왜 우리 부모님은 자식을 돌보고 살면서 각종 공과금을 척척 알아서 처리하는 평범한 부모가 되지 못한 걸까? 외할머니는 왜 벌써 돌아가신 걸까?

3월 17일

읽지 마세요, 던프리 선생님.

청구서마다 각각 5달러씩을 보냈다. 당분간은 아무 문제 없겠지. 날씨도 차츰 따뜻해지고 있다. 성 패트릭의 날(아일랜드의 수호성인인 패트릭을 기념하는 날로 온통 초록색으로 치장한다.-옮긴이) 초록색 옷을 입는 걸 그만 깜빡하는 바람에 로저 암웨이한테 세게 꼬집혔는데, 그게 무슨 대수랴? 매트는 똘똘하게도 무슨 날인지 기억하고, 손에 녹색 칠을 한 덕분에 학교에서 아무한테도 꼬집히지 않았다고 으스댔다.

엄마가 무슨 소용이람? 아빠는 무슨 소용이고? 매트와 나, 우리는 단둘이서도 거뜬하게 잘 지낸다.

티시,

좋아. 잊지 않고 제 때에 제출해서 기쁘구나!

네 일기를 어서 다시 읽게 해 주지 않으련?

3월 24일

읽지 마세요, 던프리 선생님.

선생님이 제 일기를 읽고 싶어 하시는 걸 알아요. 알고 말고요. 그런데 말이죠, 그러려면 얘기를 그럴싸하게 지어 내야 하는데 그럴 짬이 없네요. 제가 왜 금쪽같은 시간을 쪼 개서 이렇게 끼적거리고 있는지 저도 잘 모르겠어요. 일기 장이 친구처럼 여겨지지만 않았어도 진작에 때려치웠을 거 예요. 지금 저는 정말이지 친구 하나 없는 외톨이예요.

샌디랑 로첼이 저한테 단단히 화가 났어요. 금요일에 학 교에서 한바탕 싸움이 벌어졌는데, 제가 저녁에 쇼핑몰에 못 간다고 했기 때문이에요. 그 애들은 저더러 자나 깨나 일 하고 매트밖에 모른대요.

샌디가 빈정거렸어요.

"여덟 살짜리 코흘리개랑 같이 있는 게 뭐가 그리 좋은 데?"

그러자 로첼도 잠자코 있지 않고 밉살맞게 지껄였어요.

"티시는 영계가 좋은가 보지, 뭐."

이어 샌디 왈.

"뒷구멍으로 호박씨 까고 있는 것 같은데……. 티시, 그녀석이 누구야? 로저 암웨이? 버드 터너? 둘 다? 지금 몇 놈이랑 놀아나고 있냐?"

그때 뒤도 안 돌아보고 그냥 나왔어야 했는데, 외할머니라면 마땅히 그랬어야 했다고 말씀하셨을 거예요. 하지만 저는 그러지 못했어요. 도무지 참을 수가 없어 샌디를 냅다 후려쳤어요. 가뜩이나 샌디를 보면 속이 뒤집히던 참이었어요. 해 달라는 대로 다해 주는 부모에, 그게 대수롭지 않은 척 빼기는 꼴도 역겨운 데다, 체스티티랑 제가 구질구질한 옷만 입고 다닌다는 둥 하면서 흉보고 다녔거든요.

아무튼, 제가 제법 세게 후려쳤더니 샌디가 맞받아쳤고, 로첼은 샌디를 거들고 나섰어요. 샌디 제까짓 게 아무리 발버둥을 쳐도 할퀴는 게 고작이었어요. 순 겁쟁이 주제에. 그런데 그때 샌디가 어찌나 목청껏 고함을 내지르던지 식당이 쩌렁쩌렁 울릴 정도였어요.

"너한테서 얼마나 고약한 냄새가 나는지 알기나 해! 누가 너 같은 애하고 놀아나겠니!"

제가 물었어요.

"그게 무슨 소리야?"

로첼이 대꾸했어요.

"너한테서 역겨운 냄새가 난다고. 웩. 너 도대체 샤워한 지 얼마나 됐어?"

그날 아침 샤워를 하긴 했지만, 청바지와 두꺼운 셔츠를 빨 시간이 없어서 그냥 입은 지 여섯 번째예요. (빨래는 엄마들이 하는 일이잖아요. 대체로 그렇다는 말이에요.) 정말로 저한테서 냄새가 나나요?

그때는 그 말에 개의치 않고, 오로지 로첼과 샌디가 입을 닥쳐 주기만을 바랐어요. 저는 둘을 한꺼번에 미친 듯이 두들겨 팼는데, 꼭 재빠르게 움직이는 만화의 등장인물 같았죠.

"이게 뭐 하는 짓들이야? 암코양이들 싸움이라도 났어? 여걸사인방에서 반란이라도 일어났나 보군?"

트레몬트 선생님이 오셔서 말리고 나서야 비로소 샌디와 로첼은 뒷걸음질쳤어요. 트레몬트 선생님은 이 소동을 대수롭지 않게 여기는 것처럼 보였어요. 그런데 우리 셋 다 교무

실로 부르시더니 모두에게 일주일 동안 방과 후에 남으라는 벌을 주시지 뭐예요. 결국 이번 주 내내 매트는 혼자 집에 걸어와야 했고, 저는 버거보이에서 일하는 시간을 바꿔야만 했어요. 그건 수입이 줄어든다는 걸 의미하죠.

샌디와 로첼은 아직도 저와 말을 하지 않고, 저도 그렇게 싸가지 없는 애들이랑 말하고 싶은 생각이 추호도 없어요. 체스티티가 일주일 내내 아파서 결석을 했기 때문에 저는 어울릴 만한 애가 아무도 없어요.

그런데 이거 아세요? 팔을 있는 힘껏 휘둘러 샌디랑 로첼을 후려치는데 어찌나 통쾌하던지. 각자 한 열 대씩 더 때려 주었더라면 속이 한결 더 후련했을 텐데.

3월 26일

읽지 마세요, 던프리 선생님.

체스티티가 학교에 나왔고, 샌디와 로첼과 나, 우리 모두를 화해시켰다. 체스티티에게 정말로 나한테 고약한 냄새가 나는지 물었더니, 무슨 소리를 하느냐며 펄쩍 뛰면서 그냥 싸우다가 홧김에 내뱉은 소리일 거라고 했다. 아무리 그래도 좀 더 자주 빨래를 해야겠다.

샌디와 로첼은 아직까지 분이 덜 풀렸는지 줄곧 내 뒤에서 속닥거린다. 하지만 이제 곧 나에게 말을 걸 거다. 오늘 밤에 같이 쇼핑몰에 가 주기만 하면, 더 이상 나를 웃음거리 삼아 시시덕거리지도 않을 거다. 일하는 날이라 버거보이에 전화를 걸어 몸이 아파서 못 간다고 했다. 버드가 전화를 받았는데 내 말을 믿지 않는 눈치였다.

난 너무 어리석었다. 샌디랑 로첼이 삐치거나 말거나 상관 말고, 차라리 버거보이에 일할 시간을 더 달라고 했어야 옳았다. 지금 당장, 나는 친구보다 돈이 더 절실한데.

다음 주에는 아무래도 굶어야 할 것 같다.

3월 29일

읽지 마세요, 던프리 선생님.

오늘 아침 학교에 갈 준비를 하고 있는데, 매트가 와서 깨끗한 속옷이 없다고 했다. 간밤에 빨래하느라 새벽 세 시까지 잠도 못 잤는데, 그럴 리가 없었다. 매트를 데리고 방으로 가서 옷장 서랍을 열어 보니, 아닌 게 아니라 속옷이 없었다. 빨래 바구니에 계속 속옷을 벗어 넣었느냐고 매트에게 물었다. 딴에는 다정하게 말하려고 애를 썼는데, 너무

피곤해서 그런지 말투가 좀 거칠었나 보다. 매트가 다짜고
짜 울음보를 터뜨렸다. 그러자 왈칵 울화가 치밀었고, 지난
주에 샌디를 후려치고 싶었던 것만큼이나 매트를 심하게 패
주고 싶었다. 매트는 왜 걸핏하면 징징댈까? 15분쯤 지나자
매트가 침대 밑을 가리켰다. 거기로 기어 들어가 보니 매트
의 속옷이 죄다 있었다. 진작 냄새를 맡았어야 했는데. 매트
는 그제야 거의 밤마다 오줌을 쌌는데 너무 창피해서 속옷
을 숨겼다고 털어놓았다. 침대보를 보니 온통 얼룩덜룩하고
지린내도 났다. 속이 메스꺼웠다. 걷잡을 수 없이 화가 치밀
어 버럭 소리를 질렀다. 매트는 왜 이제 와서 오줌을 싸는
걸까? 여덟 살씩이나 먹은 녀석이? 밤마다 제 침대보나 갈
아 줄 정도로 내가 시간이 남아도는 줄 아나?

매트는 더 한층 악을 쓰며 울었고, 나는 기분이 착잡했
다. 매트가 일부러 오줌을 싸는 것도 아닐 텐데. 매트와 화
해를 하려고 우리 둘 다 학교에 가지 말고, 온종일 집에서
게임도 하고, 점심에 맛있는 것도 만들어 먹고, 신나게 놀자
고 했다.

수업이 끝날 시간이 지나서야 비로소 오늘 두 과목 시험
을 보기로 했던 게 불현듯 떠올랐다. 시험을 봤어도 별로 신
통치 않았을 텐데, 뭐.

3월 30일

읽지 마세요, 던프리 선생님.

매트와 나는 오늘도 학교에 가지 않았다. 줄기차게 자고 또 자고 또 자니까 얼마나 좋던지. 나는 한낮이 돼서야 부스스 일어났다. 매트 학교에서 누군가 전화를 걸어 매트가 잘 있는지 묻길래, 내가 엄마인 척 연기를 했다. 매트가 열이 펄펄 끓는다고 그럴싸하게 이야기를 지어냈다. 매트가 감기를 심하게 앓고 있으니 말짱 거짓말은 아닌 셈이다.

우리 학교에서 전화를 걸어 내 안부를 묻는 사람은 아무도 없었다.

점심거리를 뒤져 보니 우유는 다 떨어졌고 시리얼과 엄마가 아빠를 주려고 사다 놓은 게 틀림없는 끈적끈적한 스프뿐이었다. (아빠 말고 누가 말린 완두콩 같은 역겨운 음식을 먹겠는가?) 이 일만 아니라면, 어제만큼 멋진 날이 되었을 텐데. 내일은 매트가 점심을 먹을 수 있게 학교에 보내야겠다. 돈은 완전히 바닥났는데, 금요일에나 돈을 받을 테니 말이다.

버거보이에 전화를 걸어 몇 시간 더 일을 할 수 있는지 물어보기로 했다. 그런데 이게 웬일인가? 시그레이브 씨가 새로운 일자리가 생겨 딴 데로 갔단다. 하긴, 시그레이브 씨가 어딜 가건 딱히 문제될 게 없었다. 그 자리에 앉을 사람이 누구인지만 빼면 말이다. 바로 교활하기 짝이 없는 버드 터너였다. 웩, 웩, 웩. 내 전화를 받은 렉시는 다짜고짜, "버드가 너한테 홀딱 반했잖아, 너 진짜 운수 대통했다." 하고 이죽거렸다. 데이트 신청을 거절하고 나서 버드가 나한테 얼마나 비열하게 굴었는지 렉시한테 말하지 않았다. 버드가 진짜 상사가 되었고, 더 이상 시그레이브 씨에게 하소연할 수 없다는 생각을 하니 몸서리가 쳐진다.

4월 1일

읽지 마세요, 던프리 선생님.

내가 매트 나이였을 때, 모두들 두려움에 떨던 날은 바로 만우절이었다. 나는 한 번도 골탕 먹은 적이 없는데, 사람들은 잘도 속아 넘어갔다. 케첩 뚜껑을 슬그머니 열어 놓아 옆 사람 무릎을 온통 케첩범벅으로 만드는 따위의 짓궂은 장난도 했다.

오늘 우편물을 보면서 누가 난데없이 불쑥 나타나서, "속 았지! 만우절인데!" 말해 주길 바랐다.

하지만 그 모든 우편물은 거부할 수 없는 현실이었다.

맨 먼저 눈에 띈 것은 수북히 쌓여 있는 청구서들이었다.

엄마가 5달러를 넣고 전기공사며, 전화국이며, 이런저런 기관들과 장기간에 걸친 게임을 벌이고 있었던 것 같다. 오늘 "마지막 통고, 미납금을 지불하지 않으면 서비스를 중단할 것임."이라고 쓰여 있는 청구서 두 장을 받았다.

그나마 날씨가 따뜻해져서 매트랑 내가 얼어 죽을 염려는 없어 보인다. 전기 없이도 그럭저럭 살 수 있겠지.

아무튼 이런 청구서들 말고도, "집세 통고"라는 걸 받았다. 한 200달러쯤 되는데, 밑에 쓰여진 자잘한 글씨를 읽어 보니 집세를 지불하지 않으면 내쫓겠다는 것이었다. 내가 어디서 200달러를 구할 수 있단 말인가?

그 밖에 그야말로 깜짝 선물로 엄마가 보낸 엽서가 있었다. 캘리포니아 어딘가에 있는 해변인데, 지금 아빠랑 함께 있고 얼마나 행복한지에 관해 온통 주절주절 늘어놓고 있었다. 맨 밑에는 이렇게 쓰여 있었다.

"너랑 매트가 잘 지내기를 바란다. 곧 돈을 부쳐줄게. 지금 쓸 돈은 넉넉하지, 응? 사랑하는……."

고마워, 엄마. 눈물나게 고마워. 그 돈을 서둘러 부쳐주는 게 좋을걸, 안 그랬다가는 우편집배원이 길거리에 나앉은 우리한테 배달을 해야 할지도 모르니 말야. 왜 엄마는 정작 필요한 주소나 전화번호를 알려 주지도 않고 엄마가 궁금한 것만 묻는 거지?

매트가 우편물을 가지고 들어오지만 않았어도, 매트가 보지 못하게 얼른 그 엽서를 숨겼을 텐데. 아니나 다를까, 매트는 울음보를 터뜨리기 시작했다. 그 꼴을 보니 울화가 치밀어 그만 고함을 버럭 질렀다.

이따금 차라리 내가 없는 게 매트한테 더 낫지 않을까 싶을 때가 있다. 나는 매트를 돌보는 데 별로 소질이 없다. 매트는 감기가 더 심해졌고, 여전히 오줌을 싸고, 날마다 질질 짠다. 그런데 오늘 밤에 매트가 무슨 변덕인지 내 무릎으로 기어 올라와 (매트는 정말이지 안기 벅찰 정도로 덩치가 컸는데도 불구하고) 내가 자기 곁에 있어 줘서 얼마나 좋은지 모르겠다고 했다.

매트가 자러간 후, 나는 뜨개질을 많이 했다. 그런데 이번만은 잡념을 떨쳐 낼 수가 없었다.

아무튼 이 시시한 담요도 이제 거의 다 완성되어 간다.

티시,

어머나, 다시 일기 쓰는 횟수를 늘렸구나. 잘했다! 그런데 도대체 언제 읽게 해 줄래?

4월 7일

읽지 마세요, 던프리 선생님.

세상에, 지난주에 다섯 번이나 쓸 생각은 없었는데. 아무
튼 던프리 선생님은 나한테도 잘하는 게 있다고 생각하실
테지. 그것 말고는 죄다 엉망진창인데 말이야.

오늘 해고를 당했다.

문제는 나는 아무 잘못도 하지 않았다는 거다. 일하러 갔
는데, 버드가 자기 사무실에서 좀 보자고 했다.

사무실에 갔더니 버드가 문을 닫고 다짜고짜 말했다.

"티시, 우리는 이제 네 도움이 필요 없어."

이루 말할 수 없을 만큼 당혹스러웠다. 나는 똑같은 말을
하고 또 했다.

"무슨 말이에요? 그게 도대체 무슨 말이죠?"

버드는 자기가 버거보이의 총 책임을 떠맡고 보니 가게의 일손이 확실히 남아돈다는 걸 알았고, 직원을 줄여 총 경비를 낮출 필요가 있다고 했다.

그래, 다 좋아. 그런데 왜 나만 내쫓는 거지?

나는 오늘 밤 정해진 교대 시간에 맞춰 교대를 했으면 싶은지 물었는데, 내 딴에는 자못 살갑게 굴면서 그냥 일을 하게 해 달라고 조르면 되겠거니 생각했다.

하지만 버드는 딱 잘라 말했다.

"그럴 필요 없어."

그러고서 마지막 급료를 주더니 잘 가라고 했다.

버드는 나를 해고해서 무척이나 후련한 눈치였고, 나는 한 방 날려 주면 속이 후련할 것 같았다. 여드름투성이 콧잔등에 정통으로 퍽. 그렇지만 나는 정말로 품위 있게 행동했다. 외할머니가 살아 계셨다면 나를 무척 자랑스러워하셨을 거다.

나는 말했다.

"좋아요. 그동안 함께 일해서 즐거웠어요."

버드가 거짓말하는데 나라고 못할 게 뭐 있어. 가을에 데이트 신청을 거절한 데 대한 앙갚음을 하는 것임을 나도 알고 있다.

나는 아직 아무에게도 말하지 않았다. 로첼은 성차별을 들먹거리면서 고소하라고 씩씩댈 게 뻔하다. 하지만 나는 누군가 내 주변을 캐고 다니는 걸 원치 않는다. 하긴 그래서 변호사를 쓰지 않으려는 건가, 뭐?

버거보이에서 버는 돈 없이는 나는 아무것도 할 수 없다.

내일 다른 일을 찾아봐야겠다. 웬디스에서 사람을 뽑을지도 모른다. 아니면 맥도널드라도. 그 어디라도 말이다.

4월 8일

읽지 마세요, 던프리 선생님.

내가 잘못 알았다. 아무 데도 사람을 뽑지 않는다. 적어도 지금은 아니다. 우리 동네에 있는 패스트푸드 가게는 모조리 찾아갔다. 마을버스를 타는 게 별일 아니라고 생각하면 곤란하다. 지원서를 자그마치 스무 군데는 썼을 거다. 대디오스에서 한 달 내로 사람을 뽑을지도 모른다고 했고, 하디스에서는 여름에 새 매장을 열 예정이라고 했다. 하지만 바로 그게 문제다. 세상에, 그때까지 뭘 하면서 지내라고?

내일은 딴 데를 한번 알아봐야겠다. K마트. 월마트. 쇼핑몰에 있는 상점이란 상점은 모조리.

그런데 내가 해고되었다는 사실을 알고도 날 고용할 사람이 있을까? 버드는 나를 위해 그럴싸한 추천서를 써 줄 위인이 아니다.

맞아, 문제가 또 있었지. 집에 와 보니 전화가 먹통이었다. 옆집에 가서 전화국에 전화를 걸었더니 수화기 저편에 있던 여자가 한참을 기다리게 하고는 다시 돌아와 하는 말.

"요금을 지불하지 않아 서비스가 중단됐군요. 요금을 완전히 지불하시면 다시 통화가 될 겁니다. 회로접속비는 50달러입니다."

설사 어디서 나를 뽑아주려 해도, 연락을 취할 길이 막막해졌다. 이제 어떡하지? 수중에 있는 돈이라고는 버거보이에서 마지막으로 받은 20달러가 고작이고, 집세 만기는 다 되었고, 먹을 것도 거의 바닥났다. 장난이 아니다. 이제 어떡하지?

4월 12일

읽지 마세요, 던프리 선생님.

방금 매트와 시리얼과 땅콩버터로 저녁을 때웠다. 먹을 거라고는 그게 전부다. 매트는 빈속이 온통 뒤틀린다면서

울며 보채다가 잠이 들었다. 매트의 감기가 예사 감기가 아닌 것 같다. 아무래도 독감인가 보다.

뭔가 해야 한다. 뭐든 닥치는 대로.

4월 13일

읽으시면 안 돼요, 던프리 선생님.

절대로 자랑을 하는 건 아니지만, 오늘 난생처음 물건을 슬쩍하는 데 성공했다.

엄마가 일하던 해거티스에 갔다. (그곳은 우리한테 갚을 빚이 있는 곳이다.) 빵 한 덩어리와 막대 사탕 두개를 사기 전에 햄버거용 다진 고기 한 꾸러미를 윗도리에 쑤셔 넣었다. 잡히지 않은 걸 보면, 샌디가 슬쩍하는 걸 줄곧 지켜본 보람이 있다. 제법 머리를 굴려 꾸러미를 고기 칸 바로 앞에서 슬쩍하는 실수를 범하지 않았는데, 그건 정육점 사람들이 유리 너머로 감시하고 있다는 걸 모르는 사람이 없기 때문이다. 다진 고기를 장바구니에 싣고 다니다가 야채 통조림 칸을 지나면서 주변에 아무도 없을 때 윗도리에 찔러 넣었다.

그런데 계산대에 멍청히 줄을 서 있다가 하필 엄마의 친구인 브렌다 아줌마한테 계산을 맡게 되었다. 아줌마는 끝도 없이 수다를 늘어놓았다. 엄마의 새 직장은 어떠냐는 둥 엄마가 아줌마한테 언제 다시 전화를 걸 거냐는 둥 질문을 퍼부어 댔다. 엄마가 새 직장을 구했다고 둘러댄 사실을 내가 깜빡하는 바람에, 하마터면 모든 일이 수포로 돌아갈 뻔했다. 엎친 데 덮친 격으로 브렌다 아줌마가 나한테 이것저것 캐묻는 동안 줄곧 다진 고기가 흘러내리고 있었다. 급기야 나는 일하러 가야 된다고 했다. 아, 물건을 훔치려면 거짓말하는 데도 도가 터야 하는 거다.

일단 가게를 벗어나자 온통 꿈만 같은 게 홀가분함과 찜찜함이 동시에 느껴졌다.

나는 혼잣말을 했다.

"넌 이제 범죄자야."

뇌리에 오로지 외할머니가 얼마나 부끄러워하실까 하는 생각만 맴돌았다.

집에 와서 다진 고기를 요리하다가, 아차 싶었다. 어차피 고기를 슬쩍할 거면, 스테이크처럼 고급스러운 걸 훔칠 생각을 왜 못했을까?

아무튼 매트는 오늘 밤에 다진 고기를 세 덩어리씩이나 먹었다. 아직도 충분히 남아 있으니 내일 밤에도 굶지 않아도 된다.

4월 15일

읽지 마세요, 던프리 선생님.

매트와 나는 오늘도 다진 고기를 먹었다. 이런저런 이유로 나는 별 맛을 못 느꼈다. 햄버거라면 버거보이에서 물리게 먹어서 그런 거라고 짐짓 혼잣말을 해 보지만, 다른 이유가 있다는 걸 나는 안다.

오늘 던프리 선생님이 수업 끝나고 남으라고 하더니, 내가 얼마나 대책 없는 학생이 되어 가는지 한바탕 연설을 늘어놓았다. 선생님은, 지난 넉 주 동안 자그마치 열흘이나 결석한 걸 아느냐고 물었다. 결석을 그렇게 많이 했는지 미처 몰랐는데, 선생님은 꼬박꼬박 세고 있었던 거다. 나는 많이 아팠다고 했다. 아닌 게 아니라, 요즘 들어 걸핏하면 매트가 앓아눕는 바람에 매트랑 집에 있었다. 일자리를 구하러 사방팔방 돌아다닌 날도 있다. 아무튼 요즘 들어 부쩍 학교에 갈 마음이 내키지 않는다. 하지만 던프리 선생님이 어찌나 의심스런 기색이던지, 무슨 일이 있어도 나와야겠다고 다부지게 마음을 먹었다. 나는 던프리 선생님이 장기결석학생 조사관 같은 사람들을 부르길 원치 않는다.

그리고서 선생님은 연구 과제물을 내지 않으면 그 과목을 통과할 수 없다는 걸 아느냐고 물었다. 기한이 어제였던 모양이다. 책은 아예 들춰 보지도 않았는데. 하지만 나는 그 과제물을 어떻게 진행하고 있는지 그럴싸하게 둘러댔고, 아직 마무리를 못했는데 기한을 연장해 주실 수 없느냐고 물었다. 선생님이 내 말을 믿는 눈치는 아니었지만, 워낙 너그러운 분이라 "거짓말 좀 작작해." 하고 딱 잘라 말씀하지는 않으셨다. 선생님은 기한을 연장해 주셨지만, 마치 "이번이 마지막 기회야." 하고 못을 박는 것 같았다. 다른 과목 숙제도 하나도 안 했는데, 영어라고 특별 대우를 할 게 뭐람? 아무래도 올해는 낙제할 것 같다. 하긴 그게 무슨 대수랴?

던프리 선생님이 줄곧 실망스럽기 짝이 없는 눈초리로 쳐다보는 것 같아 그게 좀 찜찜할 따름이다.

"아, 던프리 선생님, 숙제 따위로 씨름할 여유가 없는 이유를 말씀드릴게요. 선생님은 제가 어떻게 살고 있는지 궁금하시죠?"

이렇게 말할 수만 있다면 얼마나 좋을까. 엄마가 집을 나갔다고 속 시원하게 털어놓을 수 있다면, 한결 마음이 가뿐할 텐데. 하지만 그랬다가 던프리 선생님이 다른 사람에게 얘기라도 하면, 매트와 나는 어디로 가게 될까?

안 돼, 모든 걸 비밀에 부쳐야 한다.

티시,

잘 썼다. 다시 다섯 편을 쓴 걸 보니 흐뭇하구나. 그 노력을 연구 과제
물에도 좀 기울여 보렴, 알겠지?

4월 22일

읽지 마세요, 던프리 선생님.

이런 일이 벌어지다니 도무지 믿을 수가 없다. 샌디가 어젯밤에 물건을 슬쩍하다가 덜컥 잡히고 말았다.

쇼핑몰에 있는, 린다네 집이라는 후줄근한 가게에서 그랬다. 샌디가 가방에 오렌지색 미니드레스를 쑤셔 넣었는데 깔끔하게 마무리하지 못했다. 삐져나온 드레스 자락을 하필 점원이 본 것이다.

마침 로첼이 샌디랑 같이 있었고, 경비원이 각자의 부모님에게 전화를 걸게 했다. (세상에, 내가 샌디랑 같이 있었다면 어떻게 되었을까? 가령 내가 "어, 저는 부모님이 정확히 어디에 계시는지 모르는데요." 하면 보나 마나 샅샅이 조사를 벌였을 테지.)

아무튼 샌디의 아빠가 제아무리 잘 나가는 변호사라고

해도, 샌디와 로첼은 이제 법정에 서야 한다. 체스티티는 그 애들이 교도소에 가게 될지도 모른다고 했지만, 샌디는 초범이 교도소에 가는 법은 없다고 맞섰다. 아무튼 좀도둑 초범은 괜찮단다.

짐짓 큰소리를 쳤지만, 샌디는 엄청 두려울 거다. 로첼은 완전히 이성을 잃었다. 아닌 게 아니라 오늘 하루 종일 울다시피 했다. 로첼은 샌디가 물건을 슬쩍할 때 함께 있었다는 이유만으로 곤경에 처하리라고는 상상도 못했을 텐데. 하긴 누군들 알았겠어?

나는 자초지종을 듣고 심장이 덜컥 내려앉는 줄 알았다.

"어차피 우리 둘 다 샌디가 언젠가는 잡힐 걸 알고 있었잖아. 이쯤에서 발각된 게 오히려 잘된 일인지도 몰라. 이제 다시는 그런 짓을 안 할 테니 말이야."

내가 샌디 일로 놀라서 그러는 줄 지레짐작하고 체스티티가 주절주절 늘어놓았다. (물론 체스티티는 샌디가 주변에 있을 때는 일체 그런 말을 하지 않았다.) 마침 내가 그 짓을 하다 붙잡혔더라면 어땠을까 하고 생각하는 중이어서 체스티티의 말은 나를 한층 더 안절부절못하게 할 뿐이었다.

오늘 밤 다시 해거티스에 가서 뭘 좀 집어 올 계획을 세웠는데. 지금 나는 너무 두렵다.

아니, 잘 모르겠다. 아무튼 너무 겁을 내고 있었던 것 같긴 하다. 지난주에 다진 고기를 집어 온 이후로 계속 속이 편하지 않다. 더러운 기분이랄까. 나는 성자는 아니지만 적어도 샌디보다 나은 인간이라고 줄곧 생각해 왔는데. 이제 샌디랑 다른 점이 있다면, 샌디는 재수 없게 잡혔고 나는 잡히지 않았다는 것뿐이다.

아무리 생각해도 도로 제자리이다. 다시 도둑질을 하지 않으면, 매트랑 나는 이제 뭘 먹고사나? 수중에 달랑 5달러밖에 없는데. 둘 다 땅콩버터 샌드위치는 보기만 해도 구역질을 한다.

혹시 전화가 왔을지도 모른다는 생각에 지원서를 냈던 곳들을 빠짐없이 들러 보았다. 말짱 헛수고였다. 공연히 금쪽 같은 돈만 버스비로 날린 꼴이 되었다.

매트와 나는 이제 어떻게 되는 걸까?

4월 26일

읽지 마세요, 던프리 선생님.

오늘 집세 통고가 왔다. 내용을 채 반도 이해하지 못하겠다. 그런데 도대체 체납금이라는 게 뭐지? 지금 당장 돈을 지불하지 않으면, 시에서 우리 집을 빼앗겠다는 말 같다.

그럼 매트와 나는 어디로 가야 하나?

시에서 우리 집을 빼앗는 절차를 밟는 데만 해도 상당한 시간이 걸릴지도 모른다. 샌디와 로첼은 6월에나 재판을 받는다고 했다. 샌디 말로는, 정부가 하는 일은 워낙에 세월아 네월아 한다고 자기 아빠가 그러셨단다. 시에서 우리 집을 빼앗으려고 할 즈음이면, 일자리를 구해서 밀린 돈을 낼 수 있을 것이다. 아니면 엄마나 아빠가 돌아올지도 모른다. 아니면 하루아침에 모든 인류가 걱정 없이 사는 세상이 올지도 모른다. 그러면야, 좋지. 뭐든 하긴 해야겠는데, 그게 뭔지 잘 모르겠다. 담요를 뜰 실도 바닥나서, 기분 전환할 만한 일조차 없다. 다 떠서 손볼 것도 별로 없고.

이제 어떡하지? 누군가가 조언 좀 해 주었으면 좋겠다. 외할머니라면 어떻게 하셨을까?

아, 내가 무슨 소리를 하는 거지? 할머니는 뜨개질 말고는 아무것도 모르는 돌아가신 노인네일 뿐인데 말이야.

4월 29일

읽지 마세요, 던프리 선생님.

오늘 저녁 매트랑 학교에서 돌아와 보니, 전기가 끊겨 있었다. 옆집에 알리러 갈 생각은 애당초 하지도 않았다. 우리가 전기요금을 내지 못했다는 걸 아무도 알아서는 안 된다.

양초를 사려고 길모퉁이에 있는 가게를 향해 가다가 돈이 한 푼도 없다는 게 퍼뜩 생각났다. 집안을 샅샅이 뒤져 마침내 냉장고 위 상자에서 해묵은 초 두 자루를 찾았다. 눈보라가 몰아치던 밤, 일주일 동안 온 동네 전기가 다 나갔을 때 쓰고 남은 건가 보다.

아무튼 나는 매트에게 식사를 비롯한 모든 일을 촛불에 의지한 채 살아가야 하는 개척자 놀이를 하자면서, 우리는 변방에 단둘이 남은 외톨이 개척자들이라고 했다. 매트는 텔레비전이 보고 싶다고 했다. 그러다 차츰 어스름이 내려앉자, 매트는 촛불에 비쳐 벽에 어른거리는 그림자를 보고 겁을 먹었다. 꼭 유령 같다나. 내가 개척자 이야기를 너무 그럴싸하게 지어낸 모양이다, 밖에서는 찬바람이 몰아치고 늑대가 험악스럽게 으르렁댄다는 둥 하면서.

그런데 매트가 그림자를 너무 무서워했다. 하긴 나도 무서울 정도였으니. 그림자들은 촛불처럼 깜빡거렸다. 끊임없이 너울댔다. 진짜 유령인지도 모른다. 촛불을 켜고 보니 세상이 온통 딴판으로 보였다.

급기야 매트더러 그냥 자라고 했다. 어차피 안 자더라도 깜깜한 데 있을 테니까. 그러고서 지금 나는 이걸 쓰고 앉아 있다. 초 두 자루가 거의 다 타 들어갔고, 그림자들과 정적이 이루 말할 수 없이 무서운데도 말이다. 나도 매트랑 같은 심정이었다. 텔레비전을 켜고 싶은 생각이 굴뚝같았다. 라디오도. 뭐든지 닥치는 대로 켜 두고 싶었다.

일기를 쓰던 손을 멈추고, 다시 뜨개질을 하려고 낡은 담요 끝자락을 몇 올을 풀었다. 시름에 잠기지 않으려고 막상 집어 들기는 했지만, 별 도움이 되지 않았다. 아무리 잡념을 떨쳐 내려고 해도 도무지 떨쳐 낼 수가 없다. 무슨 일이 일어날 것만 같다. 당장 손을 써야만 한다. 딱 하루치 빵과 땅콩버터만 남았다. 그나마 내가 저녁으로 완두콩 스프 깡통을 먹었기에 남았지, 안 그랬으면 그마저도 없을 뻔했다. (역시 짐작대로 맛이 고약했다.) 돈은 완전히 바닥났고, 시청 직원이 당장 우리 집을 뺏으러 오지는 않을 거라고 나 자신을 마냥 속일 수는 없는 노릇이다. 그리고 매트는, 매트는 날이 갈수록 점점 더 어린애처럼 굴었다. 엄마랑 아빠를 너무나도 보고 싶어 했다.

지금은 한밤중인 것 같다. 우리 집 시계는 하나같이 전자시계라 정확한 시간을 모른다. 내일이 오기 전에 결단을 내려야 한다. 내일 밤에 쓸 초가 하나도 남지 않았는데, 내일 밤이 오면 어떡하지? 캄캄한 어둠 속에 우두커니 앉아 있어야 하나?

정말로, 정말로, 정말로 외할머니가 살아 계셔서 도움을 주셨으면 한다. 하지만 할머니는 안 계시다.

다시 **4**월 **29**일, 정확히 **4**월 **30**일 무척 이른 시간

부디 읽어 주세요, 던프리 선생님.

저한테 닥친 모든 문제들을 생각하고, 생각하고, 또 생각해 보았는데(이제 곧 무슨 말인지 아실 거예요.), 선생님께 이 일기를 드려서 전부 다 읽으시도록 하는 게 제가 할 수 있는 최선의 방법이라는 결론을 내렸어요, 던프리 선생님. 진심이에요. 처음부터 끝까지, 모조리, 제가 "읽지 마세요."라고 표시한 모든 일기를 읽어 주세요.

제가 이렇게 하는 이유는, 엄마 아빠가 집을 나갔다는 사실을 누군가에게 털어놓아야 한다고 깨달았기 때문이에요. 저 혼자 모든 일을 처리할 수 있다고 생각했지만, 막상 당해 보니 감당할 수가 없었어요. 이젠 너무 지쳤어요. 너무 배가 고파요. 제가 너무 어리석었나 봐요. 잘 모르겠어요.

샌디나 로첼, 체스티티의 부모님들 같은 어른들한테 말씀드려 볼까도 생각했어요. 하지만 저는 그분들을 잘 모르고, 그 애들 얘기를 들어 보면 별로 존경스러운 분들 같지 않았어요. 선생님이 추천해 주셨던 사람들도 일일이 떠올려 보았어요. 상담원이나 뭐 그런 사람들 말이에요. 하지만 미덥지가 않아요. 던프리 선생님, 선생님은 정말로 제가 그나마 이해심 많은 분이라고 생각하는 유일한 어른이세요.

그런데 생각하면 할수록 선생님이 정말로 이해해 주실까 걱정스러워요. 언짢게 여기지 마세요. 혹시나 연구 과제물을 내지 않으려고 모조리 지어냈다고 오해하실까 봐 께름칙했거든요. 제가 그다지 평판이 좋은 애가 아니라는 것쯤은 저도 알아요. 아무튼 저는 선생님께 자초지종을 어떻게 설명해야 할지 갈피를 잡을 수가 없었어요.

그러다가 퍼뜩 모든 사실이 이 일기장에 고스란히 담겨 있다는 생각이 들었어요. 선생님도 제가 일기를 줄곧 냈던 걸 아시니까, 여기에 쓴 글을 읽어 보시면 무슨 일이 있었는지 이해가 되실 테니 제 말을 믿으실지도 모르겠다고요. 선생님을 직접 뵙고 말씀드리는 것보다 더 나을 거예요.

아무튼 내일, 아니 오늘이 일기장을 내는 날이에요. 일기장을 내면서, 선생님께 바로 읽어 보시라고 말씀드릴 참이에요. 우리 반 수업이 끝난 뒤에는 수업이 없다는 걸 알아요. 제가 선생님께 가서 모든 걸 말씀드릴게요.

모르긴 몰라도 선생님은 누군가에게 이야기하실 테죠. 간절히 부탁드리는데, 매트랑 저를 절대로 떼어 놓지 않겠다고 약속해 주실 수 있나요? 요즈음 매트를 별로 잘 돌보지 못했어요. 매트는 줄곧 앓는 데다 이제는 하룻밤에 두 번씩이나 오줌을 싸기도 해요. 하지만 외할머니가 돌아가시고 엄마 아빠가 집을 나가고 나서 매트 곁에는 오로지 저밖에 없어요. 그리고 정말이지, 매트는 제 전부예요.

또 하나, 학교에 대해 온갖 험담을 늘어놓은 건 나쁜 감정이 있어 그런 게 아니에요. 저어, 설령 감정이 있다손 치더라도, 절대로 선생님을 빗대어 한 말은 아니니 언짢아하지 마세요. 학교가 넌더리나는 건 선생님 탓이 아니에요.

그리고 마지막으로, 엄마 아빠를 천하에 몹쓸 사람들이라고 욕하지 마세요. 저희를 내팽개쳤다고 해서 감옥에 가거나 벌을 받지는 않겠죠, 네? 두 분이 당신들 인생은 물론이고 매트와 제 인생까지 엉망으로 만들어 놓은 건 사실이지만, 애당초 그럴 작정을 했던 건 아닐 거예요. 아빠가 왜 저희들만 보면 주먹을 휘둘렀는지 어렴풋이 이해할 수 있어요. 하다못해 저도 샌디에게 주먹질한 적이 있는걸요. 매트

가 징징거리고 철부지처럼 굴 때마다 얼마나 패 주고 싶었
는지 몰라요. 그리고 엄마는, 엄마한테 무슨 문제가 있는 건
지 모르겠지만, 엄마는 아빠 말고는 아무것도 생각할 수가
없는 것 같아요. 저는 엄마가 정말로 나쁜 사람이라고 생각
하지 않아요.

아무튼, 제 사정은 이래요.

선생님, 저를 도와주실 수 있으세요?

티시,

너는 이렇게 끔찍한 일을 겪고 있었는데, 나는 고작 연구 과제물에 대
한 잔소리나 늘어놓고 있었다니. 내가 지난 일 년 동안 너에게 바란 건,
네 참 모습을 다른 사람들이 보지 못하도록 너를 감싸고 있던 그 단단한
껍질을 깨고 나오는 거였어. 네가 먹을 게 없어서 걱정하고 있다고는 꿈
에도 생각하지 못했단다.

다음 수업 시간에 너와 이야기할 테지만, 네가 나에게 믿음을 주려고
일기장을 보여 준 것처럼 나도 너에게 믿음을 주려고 이 글을 쓰는 거란
다. 너한테 어른들을 믿을 만한 계기가 없었다는 걸 알지만, 지금 누군가
를 믿기 시작해도 그다지 늦지 않았으면 하는 바람이다. 네가 믿을 수 있
는 사람이 되도록 노력할게.

이제부터 모든 일이 잘될 거라고 약속해 줄 수 있으면 무척이나 좋으련만. 그럴 수가 없구나. 하지만 너를 돕기 위해 최선을 다할게. 누군가에게 네 사정을 이야기할 거라는 말은 맞아. 모든 교사는 아동을 학대하거나 방치한 사건을 알게 되면, 아동·가정복지과에 보고하도록 법으로 규정하고 있거든. 너희 부모님이 집을 나간 건 확실히 방치라고 할 수 있지. 네 이름을 밝히지 않고, 아동·가정복지과 사람과 벌써 네 상황에 대해 이야기를 나누었단다. (너 없이 공식 보고서를 작성하는 건 온당치 않다고 생각해.) 내가 이해하기로는, 그쪽에서는 일반적으로 너와 같은 처지의 아이들을 친척이나 가족의 친구들 또는 양부모와 함께 지내도록 하고 있어. 형제자매가 함께 지낼 수 있게끔 애를 쓴단다. 궁극적인 목표는, 부모님과 너희들이 다시 함께 살 수 있도록 하는 거야, 가능하다면 말이다. 나와 상담한 사람이 그러는데 부모님이 감옥에 가게 되지 않을지 걱정하지 않아도 된다더라. 아동·가정복지과에서는 너희 부모님을 벌주려는 게 아니라 교육하려는 데 중점을 둔다니까.

아동·가정복지과에서 네 삶을 좌지우지하는 걸 달갑지 않게 여기지 않을까 내심 두렵기도 해. 그래도 틀림없이 너와 동생 매트에게 음식이며, 옷가지며, 필요한 모든 것들을 제공해 줄 거야. 너는 여느 열여섯 살짜리와 다름없는 자유를 누리게 될 거야. 더 이상 너 자신과 매트를 위해 어떤 결정을 내려야 할지 고민하지 않아도 돼.

티시, 나에게 이 일기를 읽게 해 준 건 아주 잘한 일이야. 그리고 매트

를 잘 돌보지 못했다고 생각해서는 안 돼. 너는 네가 알고 있는 가장 최선

의 방법으로 매트를 돌봐 준 거야. 도와주려고 한 일이니까.

— 던프리 선생님이

9월 15일

사랑하는 던프리 선생님,

습관처럼 그만 선생님 이름 옆에 "읽지 마세요."라고 쓸 뻔했어요. 편지를 보내면서 읽지 말라고 하다니 얼마나 바보 같은 짓이에요, 안 그래요?

제가 편지를 썼다고 너무 기뻐서 흥분하시면 곤란하니까 이건 숙제라는 걸 미리 알려 드려야 할 것 같네요. 학교 숙제가 아니라, 매트와 엄마와 제가 매주 상담을 받으러 가는 가족치료사가 내 준 숙제랍니다. (네, 맞아요. 엄마도 상담을 받으세요. 나중에 설명해 드릴게요.) 치료사인 사쿠시 씨는 우리가 느끼는 감정을 점검해 보는 게 얼마나 건강에 좋은지 누누이 강조하세요. 그분 말씀이, 제가 겪었던 그 모든 일에 심리 갈등을 일으킬 만한 요소가 고루 있었대요. ("심리 갈

등"이란 말은 치료사가 한 말이에요. 아무튼 청소년들은 갈등을 겪기 쉽다고 하더라구요. 고마운 사쿠시 씨.) 그래서 사쿠시 씨는 저 자신에 관한 글을 쓰되 제가 어떻게 살아왔는지 잘 모르는 사람에게 이야기를 들려주듯 써 보라고 하셨어요. 나 참, 웬 바보 같은 짓인지. 글쎄, 허구한 날 그 짓을 하고 있었다니까요. 제가 4월 이후로 아무것도 쓰지 않았더니, 선생님이 줄기차게 답장 좀 하라고 편지를 보내셨잖아요. 그래서 이렇게 답장 보내 드려요.

사회사업가가 저와 매트를 함께 맡아 줄 가정을 찾지 못했을 때, 오갈 데 없는 저희들을 사흘 동안이나 선생님 댁 소파며 마루에서 지낼 수 있게 해 주셔서 정말 고마웠습니다. 사회사업가가 전화를 걸고 또 걸고 얼굴을 찡그리고 또 찡그리는 걸 보고서 얼마나 마음을 졸였는지 말도 못해요.

"전화를 걸어 볼 데가 몇 군데 더 있긴 한데, 딱히, 어, 조건이 딱 들어맞지가 ……."

그 사회사업가가 이렇게 말했을 때, 저는 매트랑 슬그머니 나가서 냅다 달아날 참이었어요. 그런데 선생님이 "이 아이들을 우리 집에 데리고 갈 수는 없나요?" 하시는데, 너무 좋아서 날아갈 것 같았죠. 그 사회사업가가 쏘아보면서 안 될 거라고 했을 때, 저는 선생님이 결코 뜻을 굽히지 않으리

라는 걸 알 수 있었어요. 선생님 남편이 저희를 돌보는 일에
꽤나 냉담하게 구셨던 것도, 선생님이 자칫 우리를 계속 떠
맡게 될까 봐 걱정이 돼서 그러셨다는 걸 알아요.

　선생님도 아시다시피 그 사회사업가는 우리들을 본 적도
없는 할머니 할아버지, 그러니까 플로리다에 사시는 친할머
니와 친할아버지에게 보내기로 했잖아요. 그리고 제가 그
결정을 별로 달가워하지 않는다는 것도 아시구요. 이런저런
생각이 들었어요. 아빠가 그 모양 그 꼴이었는데, 그분들이
라고 별 수 있겠어? 게다가 15년 동안 우리를 한 번도 찾아
오지 않았는데, 이제 와서 선뜻 우리를 데리고 살겠다고 하
실까? 선생님이 저를 설득하지 않으셨다면 저는 절대로 가
지 않았을 거예요. (선생님께 알려 드릴 게 있어요. 선생님 말씀
이 맞았어요. 여기 쇼핑몰이 훨씬 더 커요. 그리고 해변 가까이 사
는 게 그리 나쁘지 않아요.)

　할머니 이름은 나나이고, 할아버지 이름은 포피인데, 두
분 다 나쁜 분들이 아니었어요. 두 분은 정말로 작으세요.
조그맣게 쪼그라들고 쪼글쪼글 늙으셨어요. 두 분을 보면,
빌리지 몰에서 공예품 전시회를 할 때마다 늘 팔곤 하던 옥
수수 껍질로 만든 할머니 할아버지 인형들이 떠오르니까요.
하지만 두 분은 흔들의자에 우두커니 앉아 있거나 하지는

않아요. 아침마다 달리기를 하시고, 할머니는 글쎄 저더러 마이클 잭슨 춤을 춰 보라고 하시지 뭐예요. (할머니께 마이클 잭슨은 옛날 옛적에 한물 갔다는 말을 차마 못하겠어요. 일흔네 살쯤 되면 최신 유행을 알기가 쉽지 않은 법이잖아요.)

할머니 할아버지, 두 분 다 너무 늦은 나이에 아빠를 낳았는데, 이제나저제나 아빠가 철들기만 기다리다가 아예 때를 놓쳐서 그렇게 된 거라고 하세요. 아빠가 초등학생일 때 이웃집 개를 죽인 적이 있었대요. 그런데 할아버지와 할머니는, "세상에, 이런 끔찍한 짓을 저지르다니 우리 어린 시절이 하도 오래돼서 그런지, 요즘 애들은 이런 말썽도 부리고 그러는 모양"이라고 생각했대요. 그런데 아빠는 줄기차게 아이들을 때리고, 사사건건 트집을 잡고 화를 내며 점점 더 걷잡을 수 없는 망나니가 되어 갔어요. 하지만 아빠는 줄곧 두 분을 속였고, 사고를 치고 나서는 어찌나 상냥하게 굴었던지 두 분은, "오, 완전히 딴 애가 됐어. 이제 좀 정신을 차렸나 봐." 하고 믿으실 정도였죠. 할머니에게 아빠가 이렇게 몹쓸 사람이 될 줄 진작 아셨더라면, 어떻게 하셨을 것 같으냐고 물었더니 할머니는 잘 모르겠다고 하세요.

"우리가 줄곧 네 아빠한테 별 문제가 없다고 생각했기 때문에 이렇게 된 거 같아. 그때는 지금이랑 달랐어, 요즘엔 그냥 텔레비전만 틀면 심리학자들이 나와서 어떻게 대처해야 하는지 얘기하고 그렇잖니."

아빠가 엄마랑 결혼한다고 했을 때, 두 분은 이제 아빠가 안정된 생활을 하려나 보다고 생각했지만, 아빠는 그 기대를 저버렸어요. 제가 태어나자 두 분은 짬을 내서 아기 선물도 사 오시고, 자진해서 저도 봐 주시고, 아빠에게 기저귀며 분유 살 돈을 주시기도 했는데, 나중에 그 돈을 엉뚱한 데 쓴 걸 알게 되셨어요. 그래서 돈을 주지 않자 아빠는 왜 이렇게 사사건건 간섭이냐고 트집을 잡고는 다시는 안 보겠다고 엄포를 놓았어요. 심지어 아빠는 주먹으로 할아버지 코를 후려치기도 했답니다. 그러고 나서 할머니와 할아버지는 플로리다로 이사를 갔고, 두 분이 전화를 걸 때마다 아빠가 전화를 끊었어요. 결국 두 분이 포기를 하신 거죠. 할머니는 저랑 매트를 위해서라도 그렇게 쉽게 포기하지 말았어야 했다면서 연신 미안해하셨어요.

"우리가 지난 15년 세월을 보상할 도리는 없지만, 이제 너희들을 위해 최선을 다하마."

하긴, 그러고도 남을 분들이세요. 지난달에 매트와 제가 한꺼번에 앓아누웠을 때 거의 한 시간에 한 번 꼴로 토했는데, 할머니가 밤을 꼬박 새워가며 우리를 간호해 주셨어요.

매트는 할머니랑 죽이 척척 잘 맞고, 할아버지와도 잘 지내요. 매트는 꼭 외할머니가 살아 돌아오신 것 같다고 해요. 말도 안 되는 소리죠. 그래도 매트가 또래 아이들처럼 구는 걸 보니 흐뭇해요. 할머니는 우리가 여기에 온 뒤로 매트의 몸무게가 자그마치 9킬로그램이나 늘었다고 자랑이시고, 할아버지는 종일토록 낚싯배에 쭈그리고 앉아 낚시만 하는 여기 노인들보다 매트가 낚시를 더 잘한다고 자랑이 대단하세요. 제가 보기에는 두 분의 손자 자랑이 너무 과하신 것 같아요. 그런데 제가 사쿠시 씨에게 이렇게 말했더니 그런 소리 말라며 핀잔을 주면서 매트가 할머니 할아버지와 너무 잘 지내니까 샘이 나서 그런 거래요. 그런 건 아닌데 말이에요. 몸무게 조금 는 거랑 낚시 잘하는 게 뭐 그리 대단한 일인가 하는 얘기였거든요.

할머니와 할아버지는 엄마도 꼭 어린애 대하듯 하시지만, 그건 엄마의 행동에 대면 분에 넘치는 대접이죠. 엄마는 매트와 제가 여기 오던 때랑 거의 비슷한 시기에 오셨어요. 전에 우리 집에 왔던 그 사회사업가가 캘리포니아에 있던 엄마의 거처를 찾아가 보니, 글쎄, 아빠는 엄마를 버리고 웬 열아홉 살짜리랑 벌써 떠나고 없었어요. 엄마가 저와 매트에게 보낸 엽서는 순 거짓말이었어요. 엄마가 아빠랑 행복하게 지낸다고 하면 우리 마음이 한결 놓였을 테고, 집으로 돌아올 여비가 없다는 걸 알려서 공연히 걱정 끼치고 싶지 않았다고 해요. 엄마가 경계성 장애를 앓고 있다고 말씀드렸던가요? 엄마가 매트와 저, 할머니와 할아버지와 함께 여기 와서 살기로 한 건 우리 모두가 아빠와 연결되어 있는 사람들이기 때문인 것 같아요. 사쿠시 씨는 계속 엄마에게 붙여 줄 새로운 꼬리표를 찾고 있답니다. 엄마는 강박증에, 피해망상증에, 오랜 기간 맞고 사는 아내 증후군을 보인대요.

사쿠시 씨는 거듭거듭 말씀하세요.

"네 눈에는 어머니가 이기적으로 보일지도 몰라. 하지만 그렇게 심각한 정신 질환을 앓고 있는 사람을 좀 더 이해하려고 노력해 보렴."

잘 모르겠어요. 사쿠시 씨의 말이 일리가 있다는 생각이 들 때도 더러 있어요, 그리고 요즘 들어 엄마가 차츰 정상적으로 행동하기 시작했다는 사실을 저도 인정해요. 하지만 그 갖가지 꼬리표들은 그냥 그럴싸한 말에 지나지 않나 싶어요. 엄마의 문제가 정말로 무엇일까 골똘히 생각하다 보면, 엄마가 몇 주 전에 했던 말이 떠오르곤 해요. 엄마가 미트로프를 만들어 준 적이 있어요. 우리 집에 살 때는 한 번도 요리를 한 적이 없는데 말이에요. 정말이지 끝내 주게 맛

있었어요. 나중에 설거지를 하면서 제가, 외할머니가 당신이 가르쳐 주신 미트로프 요리법을 엄마가 기억하고 있다는 걸 아셨다면 무척 자랑스러워하셨을 거라고 말했어요. 그랬더니 엄마가 갑자기 개수대의 비누거품 위로 왈칵 눈물을 쏟아 냈어요.

"미안해, 엄마. 미안해. 엄마는 외할머니가 엄마를 자랑스러워하지 않으실 거라고 생각해?"

여느 때처럼 무턱대고 울거나 코웃음을 치는 대신, 엄마는 이야기를 들려주었어요. 엄마가 어린 소녀였을 때, 아침에 학교에 갈 때마다 할머니가 "자랑스러운 우리 딸" 하고 저한테 하시던 것과 똑같은 말씀을 늘 하셨대요. 차이라면, 저는 그 말을 듣고 기분이 으쓱했던 반면, 엄마는 넌더리를 냈다는 거예요. 엄마는 죽었다 깨어나도 할머니를 자랑스럽게 해 드릴 만한 재주가 없다고 생각했기 때문에 날마다 그런 말을 듣는 게 점점 더 참을 수 없었던 거죠. 그나마 엄마의 유일한 자랑거리는 아빠처럼 잘생긴 남자한테서 데이트 신청을 받는 거였어요. 그래서 엄마는 아빠가 쭉 곁에 머무르도록 무척 애를 썼던 거죠.

좀 억지스럽다는 생각이 들었어요. 하지만 엄마가 정말로 그런 생각을 했다면, 그런 행동을 한 이유를 어렴풋이 이해할 수 있었어요. 엄마 말로는 사쿠시 씨가 엄마한테 자랑스러워할 만한 일들을 생각해 내도록 하는 훈련을 시킨다더군요. 이를테면 기나긴 세월 동안 엄마가 쉬지 않고 일하면서 매트와 저를 거의 혼자 힘으로 돌보았다는 사실 같은 거요. 그 점에 관해서라면 저도 할 말이 있어요. 외할머니 집에서 살았던 게 틀림없이 도움이 되었을 테고, 제가 일을 하기 시작하면서, 엄마는 저한테 거의 한 푼도 쓰지 않았던 것 같거든요. 하지만 엄마가 지불해야 할 돈이 얼마나 많았는지 저도 이제 알아요. 엄마가 그렇게 나쁜 사람은 아니라고 생각해요.

나중에

선생님께 이 편지를 보내기 전에 사쿠시 씨에게 읽어 보라고 했더니, 보기 좋게 일침을 가하더군요.

"다시 썼으면 좋겠구나. 일부러 이렇게 쓴 거니?"

"뭘요?"

"네 얘기는 하나도 없고, 다른 사람 얘기뿐이잖아?"

저도 잘 모르겠어요. 그 말이 맞을지도 몰라요. 엄마를 보고 점점 나아진다거나, 매트를 보고 차츰 또래 아이들처

럼 군다는 이야기를 하는 게 제 자신을 이해시키는 것보다
훨씬 수월하거든요. 저는 매트나 엄마처럼 별나게 구는 점
이 없기 때문에 두 사람처럼 변할 필요가 없다는 거죠.

한 가지, 엄마와 아빠가 저한테 끼친 정신적인 충격이 문
득문득 되살아난다는 게 문제지요. 이를테면 해변에서 멋진
남자를 보고 흠, 저 정도면 데이트를 해도 되겠는걸, 생각해
요. 하지만 곧바로 관두자 하고 마음을 돌려 버리죠. 남자들
은 말짱 얼간이들이거든요. 가끔씩 엄마 아빠 없이 외할머
니가 저를 키우셨다면 과연 어떤 사람이 되었을까 생각해
보곤 해요. 아니면 태어나면서부터 줄곧 할머니, 할아버지
랑 함께 살았더라면. 그도 아니면 우리 부모가 미친 권투 선
수가 아닌 평범한 보통 부모였다면. 틀림없이 저는 전혀 다
른 사람이 되었을 거예요. 어쩌면 선생님이 늘 말씀하시는,
"잠재적 학습능력"을 지닌 번듯한 인물이 되었을지도 모르
죠. 간신히 유급을 면하려고 계절 학기에서 진땀을 흘리는
그런 애 말구요.

하긴 있지도 않은 일을 가정해 보는 게 얼마나 어리석은
짓이에요. 이러면 어땠을까, 저러면 어땠을까 하는 것 말이
에요. 여태껏 살아왔던 것보다 지금이 더 행복하다고 자신
있게 말하지는 못하겠어요. 가끔은 지난봄의 일들이 몹시

그리워요. 늘 배가 고팠고, 돈 걱정 때문에 미칠 지경이었고, 엄마가 집을 나갔다는 사실을 누가 알아챌까 봐 얼마나 마음을 졸였는데요. 그런데 그러면서 제가 부쩍 자란 느낌이에요. 제가 다 책임져야 했으니까요. 여기서는, 할머니 할아버지가 숙제를 마칠 때까지 텔레비전도 못 보게 하는 데다, 일주일 동안 할 일의 목록을 미리 쫙 뽑아 놓고, 귀가 시간을 정하지 않으면 쇼핑몰도 못 가게 하세요. 게다가 그 시간에 들어오지 않으면 불호령이 떨어져요. 오죽하면, 내가 매트 또래의 꼬맹이인 줄 아시나 하는 생각이 들 정도라니까요.

할머니는 변명을 늘어놓으세요.

"우리가 이렇게 빡빡하게 구는 건 다 너를 사랑하기 때문이란다."

좌우지간 이만저만 짜증 나는 게 아니에요.

던프리 선생님, 선생님이 저를 보시던 그 표정, 특히나 매트와 제가 선생님 댁에 머물렀을 때, 네가 걱정돼서 마음이 놓이질 않는구나, 하는 그 표정을 지으며 지금도 걱정하고 계시다는 거 알아요. 선생님은 제가 뛰쳐나갈까 봐 걱정이시죠.

그런 걱정일랑 붙들어 매세요. 저는 지난봄에 겪었던 고통도 함께 기억하고 있는걸요. 그래도 빨리 일자리를 구해서 제 용돈은 제가 다시 벌 거예요. (여기는 "직원 구함"이란 안내판이 얼마나 많은지 상상도 못하실걸요. 일손이 모자라 난리예요. 이제는 좀 까다롭게 골라서 가도 된답니다. 물론 버거보이에는 절대로 안 가요!) 여기 학교는 다닐 만해요. 친구도 몇 명 사귀었어요. 새로 온 아이들이 워낙 많아서 저는 눈에 띄지도 않아요. 딱 하나, 제 머리 모양이 좀 튀는 게 문제지만요. 머리를 부풀린 사람은 눈을 씻고 찾아봐도 없어요. 남자애들이나 여자애들이나, 온통 쫙쫙 편 긴 생머리인 거 있죠. 진짜 이상해요.

아무튼 지난주에 실타래와 공책을 보내 주셔서 고맙습니다. 아무리 봐도 여기서는 뜨개질을 하고 싶은 순간이 올 것 같지 않아요. 그건 좋은 징조라고 생각해요. 선생님의 바람대로, 일기를 다시 쓰게 되겠죠. 안 쓸 수도 있구요. 하지만 과제물로 썼던 예전의 일기장은 소중히 간직하고 있어요. 새로 생긴 제 벽장 한구석에 넣어 두었어요. 낡아빠진 테니스화랑 그 지긋지긋한 오렌지색 담요 바로 밑에요.

— 티시